MADEMOISELLE SPENCER

CHRISTINE ORBAN

MADEMOISELLE SPENCER

roman

ALBIN MICHEL

Les extraits de *Mademoiselle Else*, d'Arthur Schnitzler,
sont tirés de l'édition du Livre de poche,
traduction d'Henri Christophe.

de C. à O.

« Haha. En bas, ils vont penser que je suis devenue folle. Pourtant, je n'ai jamais été plus sensée. Pour la première fois de ma vie, je suis vraiment sensée. Tous ! Qu'ils me voient tous !… »

Arthur Schnitzler, *Mademoiselle Else*.

« And it seems to me you lived your life
Like a candle in the wind. »

Elton John, « Candle in the Wind ».

Je m'en souviens encore.

Maman a quitté notre maison un jeudi 27 avril 1969. C'était une fin de journée. L'heure de la mélancolie à la campagne. Ma sœur Sarah et moi rentrions d'une balade. Je ne peux pas effacer cette date de ma mémoire ; cette nuit-là, un drame a explosé à l'étage des parents.

Vociférations, hurlements. Avec Charles, mon petit frère, nous sommes restés blottis l'un contre l'autre. Une porte claquait, une autre s'ouvrait, et les cris de maman retentissaient. Papa la frappait-il ? Il prononçait le nom d'un autre homme en l'insultant. Cette fois, maman allait partir, j'en étais persuadée. Je l'ai entendue dire qu'elle ne reviendrait plus à Park House, ni à Althorp, « plus jamais dans ce maudit château ». Nous habitions le maudit château.

Puis le silence est tombé comme si l'un des deux était mort ou les deux. Charles et moi sommes restés main dans la main, sidérés ; il avait cinq ans, moi trois de plus. La nurse nous a emmenés, maman lui avait demandé de réunir les enfants « tout de suite » ; une telle précipitation ne pouvait rien présager de bon.

Mes sœurs aînées Sarah et Jane, mon petit frère et moi avons monté l'escalier qui menait aux appartements des parents les uns derrière les autres en traînant les pieds. La veille, entre les cris, j'avais entendu les mots *divorce*, *amant*, Charles ne connaissait pas leur signification, je me suis gardée de lui expliquer, il comprendrait bien assez tôt.

Maman, habillée pour sortir, parlait vite, cherchait la façon de nous dire les choses, et cela devait contribuer à son énervement, bref, entre deux souffles, nos craintes furent confirmées, elle nous annonça qu'elle quittait notre père, puis, après un long silence, elle ajouta qu'elle ne nous abandonnait pas pour autant. Comment pouvait-elle quitter notre père sans nous laisser puisque nous habitions tous à Park House ? Elle n'habiterait donc plus avec nous ? Cela me semblait impensable. Comment une mère pouvait-elle vivre sans ses enfants ?

Jane lui a posé la question, ses valises alignées dans l'entrée étaient sa réponse.

Elle nous a embrassés tous les quatre, tour à tour, sur une seule joue, pour aller plus vite. J'ai à peine eu le temps de respirer son parfum, de sentir le froid de ses boucles d'oreilles sur mon visage, et elle a dévalé l'escalier tout en promettant de revenir nous voir. Charles m'a regardée, incrédule, l'empreinte du rouge à lèvres de notre mère sur la joue.

Les promesses faites sans regarder dans les yeux ne

valent rien, disait Grannie. Pour une fois, elle avait raison.

Je me suis assise sur les marches, je l'ai regardée monter dans la voiture, le maître d'hôtel a fermé sa portière, puis le coffre. Fini les baisers de maman le soir, les Noëls en famille, les œufs de Pâques dans les buissons. Il ne m'en resterait que le souvenir.

Elle a laissé ses quatre enfants, sans nous adresser un signe de la main. Sarah, Jane et Charles sont remontés dans leurs chambres, moi, je suis restée dans l'escalier.

Je suis la troisième fille, mes parents espéraient un fils. Leur mésentente a commencé avec moi. Maman n'était pas capable de donner un garçon aux Spencer. Une troisième fille, c'était une catastrophe ! Je suis cette déception ambulante.

Les pneus de la voiture ont crissé, les graviers ont jailli comme des projectiles, le coupé a franchi le portail, maman voulait vivre dans le monde, loin de Park House, loin des six mille hectares de bois et de prairies d'Althorp, loin des siècles d'histoire, loin de nous.

Maman a choisi la liberté.

Assise sur les marches en marbre, les fesses glacées, j'attendais son improbable retour. Maman n'est pas revenue, ses yeux étaient secs quand elle est partie. Si elle n'avait pas su retenir ses larmes, elle ne serait pas partie. Elle dominait ses sentiments. Moi, je pleurais.

Cent soixante kilomètres séparent le Norfolk de Londres. Trois heures plus tard, je me suis dit que je pouvais remonter dans ma chambre, il n'y avait plus rien à espérer. Maman partait s'installer à Londres avec un homme qui n'était pas notre père. Elle bravait la critique et gagnait sa liberté.

Mon petit frère Charles avait à peine quatre ans quand il m'a demandé pourquoi nos parents se disputaient. Maman m'avait recommandé de le protéger, sans me donner la réponse à cette question.

Charles voulait consoler notre père. Nous avons enfilé nos robes de chambre et, sa petite main dans la mienne, nous avons traversé la longue galerie sur les murs de laquelle étaient suspendus les portraits de nos aïeux. Celui des parents serait bientôt décroché et laisserait une tache poussiéreuse. Père n'a pas répondu à notre émotion, il a fini par nous rejoindre dans le salon, plus silencieux que jamais, et il a noyé son chagrin dans le whisky. Son épouse, l'épouse du huitième comte Spencer a préféré Monsieur Shand-Kydd, un industriel, quitte à perdre ses titres de noblesse.

Ma grand-mère n'aime que la reine mère dont elle est la confidente et l'amie depuis quarante ans.

Grannie est venue nous rendre visite le lendemain de son départ, heureuse de me dire que ma mère était méchante et qu'elle ne nous aimait pas ; elle a pris ma tête comme un objet entre ses mains en prononçant ces mots : « Mon enfant, tu es pâle comme la mort. » Puis, les paumes des mains serrées sur mes oreilles, elle s'est reprise : « À moins que cette pâleur ne soit due à l'éclairage ? »

Ma grand-mère n'avait que faire des problèmes de sa fille, seule l'étiquette comptait. En quittant son mari, maman s'était conduite comme une femme vulgaire. On ne divorce pas dans la famille Spencer. Le suicide et le divorce sont des indécences, répétait la première dame de compagnie de la reine mère. On chuchotait dans les couloirs de Buckingham que Lady Fermoy était plus royaliste que la reine Élisabeth. Le départ de sa fille était plus qu'une grossièreté : un affront personnel, et sa rage grandissait de jour en jour. Maman serait rejetée, Grannie ne lui pardonnerait jamais. Elle préférait la reine mère à sa propre fille et maman préférait son amant à ses enfants. La détestation de sa famille était inscrite dans nos gènes. Je mettrais fin à cette particularité, à cette marque de fabrique, moi, je ne m'exposerais pas à la critique, je serais fidèle à mon mari.

Que s'est-il passé dans ma tête quand j'ai demandé à cette femme sans cœur ce qu'il adviendrait si je me tuais ? Pourquoi poser une question aussi absurde et tendre une perche à la violence de ma grand-mère ? Sur un ton d'une élégante indifférence, Grannie m'a répondu qu'on m'oublierait, parce que tout s'oublie, et que la vie continuerait. Les différends entre ma grand-mère et ma mère planaient au-dessus de ma tête. J'avais voulu tester son amour, je n'avais plus qu'à disparaître. Mes parents ne m'avaient pas désirée, maman était partie, et ma grand-mère préférait la reine à n'importe qui d'autre sur cette terre. Tous se désintéressaient de moi et de ce que j'allais devenir.

Pourtant, notre mère nous appelait « mes chéris », dans la lettre qu'elle nous avait adressée, elle demandait à ses chéris de ne pas lui en vouloir, elle partait pour un long voyage, et à son retour elle reviendrait nous chercher et nous habiterions à Londres avec elle. Que des mensonges. J'avais appris à les détecter. Quand maman nous avait dit au revoir, le bleu de ses yeux était sans profondeur, ce n'était qu'une surface pâle que rien n'animait.

Je déteste toutes les expressions doucereuses et hypocrites. C'est Carolyn Pride, mon amie dans la vraie vie, la première de la classe, surnommée « l'intello », qui un soir d'orage au château d'Althorp m'a raconté *Mademoiselle Else*, l'histoire d'une jolie jeune fille blonde en vacances dans un palace en Italie. Alors qu'insouciante, elle joue au tennis sous le soleil, une lettre transforme soudain sa *dolce vita* en une tragédie. Sa mère lui annonçe que son père est ruiné et qu'elle va devoir l'aider de la façon la plus humiliante : séduire un vieil antiquaire.

Sa vie chavire. Sa mère l'aime-t-elle pour lui demander un tel sacrifice ? Que vaut une vie face au devoir filial ?

Le prénom d'Else allait devenir pour moi magique au point que je n'étais pas tout à fait sûre qu'il ne désignait pas une jeune femme ayant existé.

La lettre demandant à Else de soutirer de l'argent au riche antiquaire pour sauver son père du déshonneur était adressée à « ma chère et douce enfant ». La mère d'Else n'imaginait pas ce qu'il adviendrait de sa « chère et douce enfant ». « Encore une fois, ne nous en veux pas, ma chère et ma douce enfant... », écrivait-elle. Ma mère, elle, écrivait à « ses chéris ».

Nous étions allongées sur le tapis de haute laine devant la cheminée, les quelques pages choisies par Carolyn ne m'avaient pas suffi, je voulais tout savoir : « Lis-moi la suite, je t'en supplie. »

Après cette lecture, Carolyn tenta de me sortir du silence dans lequel j'étais plongée, elle me demanda à quoi je pensais, m'enjoignant de parler ; je n'avais pas encore identifié le choc que ses mots (ou plutôt les mots d'Arthur Schnitzler) avaient provoqué en moi, j'étais incapable de traduire mes sentiments, de dire à quelles émotions ce texte me renvoyait. Tout était encore flou dans ma tête, mais je savais une chose, je savais que je n'oublierais pas Else, qu'un fil rouge me lierait à elle toute ma vie, qu'elle surgirait à la moindre occasion, par exemple j'avais retenu que sa tante prétendait qu'« elle faisait du genre », et ma nurse utilisait à mon endroit exactement la même expression. J'avais quelque chose d'Else. Else avait un destin, et moi aussi, il me semblait que j'en aurais un.

Ce qui lui arrivait m'arrivait : Else découvre, à mesure qu'elle lit la lettre, l'ampleur de la catastrophe qui menace son père – la ruine, le suicide. Elle sait que la partie est finie, elle est finie pour elle comme pour moi. Fin de l'insouciance pour Else, fin de l'enfance pour moi.

Ma mère ne me mêlait pas à des problèmes d'argent, elle s'excusait de préférer une autre vie à celle de notre famille. Maman ne reviendrait pas, malgré mes prières le soir, agenouillée au pied de mon lit.

Si maman ne m'aimait plus, qui allait m'aimer ?

Sur les photos de mon enfance, je souris, je souris dans mon berceau en plumetis, je souris sur mon poney gris, je souris aux côtés d'Andrew et Edward Windsor, nos voisins. Les garnements escaladaient la grille du domaine royal de Sandringham pour se baigner dans notre piscine. Charles était trop grand pour jouer à cache-cache avec nous, il courait déjà les filles. On s'en moquait, on riait et on fumait en cachette. Ma vie, qui s'annonçait belle, s'est ébréchée après le départ de maman, j'ai laissé mes poupées pour m'occuper de mon petit frère. Il est devenu mon enfant, j'étais jeune pour une telle responsabilité, mais j'ai appris ainsi qu'être mère serait le rôle que j'aimerais le plus au monde.

Après la lecture de la lettre, j'ai enfilé mon manteau, je me suis allongée sur l'herbe mouillée, j'ai regardé les étoiles et je me suis demandé qui j'épouserais. Une préoccupation banale, qui doit tourmenter toutes les jeunes filles. Else voulait « se marier en Amérique, mais pas avec un Américain, ou bien avec un Américain mais vivre en Europe ». Elle imaginait une maison avec un « escalier de marbre plongeant dans la mer », tandis que moi, le petit moi au fond de moi qui se cherchait, et ne savait pas toujours si c'était lui qui s'exprimait ou quelqu'un d'autre à travers lui, espérait un homme qui aimerait la nature, les animaux et les enfants, un homme qui m'aimerait. Ma grand-mère espérait un prince.

L'année suivante, le divorce de nos parents est officiellement prononcé et père nous annonce son mariage avec la comtesse de Dartmouth, Raine, fille de la romancière Barbara Cartland et mère de quatre enfants. Notre refus d'assister au mariage ne change rien à sa décision. À peine installée, Raine se met à régenter nos vies, transforme Althorp ; c'est alors que le château historique des Spencer, pour imiter la mode des années quatre-vingt, perd ses moulures, son parquet XVIIe et son élégance.

Raine était une caricature de comtesse. Avec ses mises en plis et ses jupons volumineux qui ne passaient pas sous les porches, elle déclenchait en moi des élans de violence ; j'aurais aimé la pousser tout habillée dans la piscine et qu'elle disparaisse engloutie sous ses jupons. Il s'en est fallu de peu. Un prince charmant a sauvé Blanche-Neige des griffes de sa belle-mère. Grand-mère avait-elle raison ? Me fallait-il un prince ?

Les photos de l'adolescente ne ressemblent pas à celles de la petite fille. À quatorze ans, je suis moche, j'ai l'air d'une fille butée, une Anglaise aux joues couperosées, aux jambes blanches, droites comme des poteaux. J'oscille entre l'enfant boudeuse et l'adulte mal dans sa peau.

On ne choisit pas une amie imaginaire par hasard. À mesure que je grandissais, elle prenait de plus en plus de place en moi. À l'école on m'appelait Mademoiselle Spencer, et moi j'entendais Mademoiselle Else. Si j'avais pu payer les dettes de son père, lui permettre de résister au chantage, j'aurais donné toutes mes économies pour éviter qu'elle exhibe son corps aux regards du vieil antiquaire.

Pourquoi me suis-je comparée à cette jeune fille au sinistre destin ? Sa famille était désargentée, la mienne est puissante et célèbre, mes bas étaient de soie, pas déchirés comme les siens, le sang qui coule dans les veines des Spencer est plus noble que celui des Windsor et des Mountbatten réunis.

Mais une tare marque notre famille, notre sang est mauvais, je l'ai lu dans les journaux. Maman aurait demandé le divorce pour « cause de cruauté ». Ce n'est pas faux. J'ai entendu papa l'insulter, je l'ai vu lever la main sur elle.

Else se demande : « Qui épousera la fille d'un escroc ? La fille d'un père qui détourne les deniers pupillaires et qui les perd à la Bourse ! » Trente mille guldens envolés, à elle de les faire revenir en soulevant ses jupons ! Le crépuscule regarde Else.

Le crépuscule me regardait moi aussi. Qui épouserait la fille d'un homme accusé de cruauté ?

Être cruel, n'est-ce pas encore pire qu'être un escroc ?

Else rit des tragédies qui s'abattent sur elle, c'est son

style. Mais à quoi sert de rire, si c'est pour mourir de chagrin ?

La presse, les avocats, les amis, les ennemis s'en mêlent, la dispute de mes parents alimente les journaux et les dîners en ville. Grannie met de l'huile sur le feu en accusant sa propre fille d'être une mauvaise mère. Scandale. Grannie est une mère qui se retourne contre sa fille. Mon père veut la garde des enfants. Grannie va l'aider.

Maman pleure. Papa est amoureux. Les enfants sont malheureux.

C'est affreux de lire dans le journal les mots « cruel » à propos de notre père et « volage » à propos de notre maman. Moi, je ne suis ni cruelle ni volage, je suis timide, effacée ; et malgré tout, j'ai eu envie de noyer ma belle-mère. Je cache les journaux, mieux vaut que Sarah et Jane ne tombent pas dessus. Je suis née d'un père violent et d'une mère dérangée.

C'est pourtant dans cette famille-là que la royauté décida de choisir une épouse pour le futur roi.

La royauté recherchait une jeune fille de grande noblesse, innocente si possible et susceptible de devenir reine d'Angleterre. Pas d'affiches dans le pays, toute l'Angleterre était au courant.

Jadis, le mariage d'Édouard avec Wallis Simpson avait traumatisé l'Angleterre. Cette fois, il faudrait s'assurer pour Charles d'un bon pedigree. Les divorcées étaient mal vues. Charles ne devait pas essuyer les déboires de son oncle le roi Édouard VIII, plus jamais l'horreur d'une abdication. La reine mère surveillait donc de près la vie amoureuse de son petit-fils, « le choix d'une femme est l'événement le plus important de la vie d'un homme ». Sa future épouse ne devait être ni divorcée ni roturière, comme l'était Wallis.

Le cercle des grands-mères est une chose tout à fait spéciale, il se compose de la reine mère et de ma grand-mère maternelle, Grannie Fermoy, sa dame d'honneur.

Ma grand-mère paternelle, Cynthia Hamilton, comtesse Spencer, autrefois dame de la chambre de la reine Élisabeth, est au ciel depuis mes onze ans. Son ange me protège.

Grannie et la reine mère ont passé le royaume et même les cours étrangères au peigne fin. À longueur de thés et de cookies, elles ont fini par se mettre d'accord sur ma sœur Sarah.

La famille royale a toujours alimenté les commentaires, et voilà que les Spencer y sont mêlés. Je ne suis pas encore dans le paysage. Sarah a vingt-deux ans, elle a rencontré le prince de Galles à Ascot alors que, mince comme un fil, elle traversait une crise d'anorexie après sa rupture avec le duc de Westminster.

Sarah a le teint d'une rose anglaise, quoique un peu moins rose et un peu moins anglais que le mien. Elle aime les chevaux et la chasse. Ce point peut paraître anecdotique, mais pas dans ces circonstances. Les filles Spencer sont des partis intéressants. Notre famille est de vieille noblesse, nous descendons de John Churchill, premier duc de Marlborough, et des Stuarts. Sarah est digne du célibataire le plus recherché d'Angleterre. La reine mère et ma grand-mère passent à l'action.

Grannie Fermoy adore cette mission qui la rapproche du pouvoir. Évidemment, caser une de ses trois petites-filles occupe toutes ses pensées. Est-ce Ruth Fermoy qui la première les proposa ou la reine mère ? En plus, laquelle choisir ? Le prince est né en 1948, Jane en 1957, ils ont neuf années d'écart, ce qui est convenable, mais Jane n'aime pas les chevaux. Et moi je suis trop jeune, j'ai treize ans de moins que Charles.

Alors elles se mettent d'accord sur Sarah, née en 1955, sept années d'écart et des goûts similaires pour le sport équestre et la nature.

La reine est convaincue.

Les autres candidates étaient de très haut niveau, Sarah est loin d'être la seule. Parmi elles, la sublime Lady Jane Wellesley, mais elle n'a pas supporté la médiatisation de son idylle, Sabrina Guinness, mais elle avait perdu sa virginité depuis trop longtemps, quant à Davina Sheffield, elle ne prenait pas au sérieux sa relation avec le prince. Telles avaient été les causes de leur élimination. Sarah devra supporter la médiatisation sans jamais la provoquer, renoncer à collectionner les amants et se consacrer seulement à Charles.

Grâce à l'influence des grands-mères, Sarah s'est trouvée de plus en plus souvent invitée dans les lieux où comme par hasard le prince de Galles avait ses habitudes.

Ruth Fermoy est aux commandes. La possibilité d'un mariage royal est devenue une obsession dans la famille. Grand-mère, qui ne rate jamais un thé à Buckingham, ni une partie de pêche au saumon à Balmoral, est bien placée. La reine mère est très proche de Ruth. La confiance entre les deux femmes a fait ses preuves, Ruth, à son service depuis 1956, est passée du statut de « dame de la chambre supplémentaire » au poste de dame d'honneur. Les codes de la cour n'ont aucun secret pour elle. Elle ne pouvait pas se tromper en proposant sa propre petite-fille. Charles et Sarah se connaissaient depuis leur plus tendre enfance, mais jamais elle ne l'avait invité à tirer des coqs de bruyère à Althorp.

La maison est en liesse, le maître d'hôtel m'avertit de l'arrivée du prince. Je veux le voir. J'enfile une robe, je ne l'avais encore jamais rencontré en vrai. Je m'habille comme une nurse anglaise, je sais. Mes robes sont pastel, à fleurs beiges, mes gilets jaune paille ou bleu ciel boutonnés jusqu'au cou, mes jupes à mi-mollet, je ne suis ni mince ni à la mode, je suis une adolescente de seize ans. Les chaussures à talons abandonnées par maman n'affinent même pas ma silhouette ; elles la fragilisent, le temps des talons hauts n'est pas encore venu pour moi. Je me dépêche, je veux apercevoir le prince, ne serait-ce que quelques secondes, comme si quelque chose d'important se jouait. Je dévale les escaliers et traverse le salon à grands pas.

Sarah et Charles discutent en prenant le thé. Le prince m'a vue, il s'est arrêté de parler, je leur ai adressé un signe de la main et j'ai accéléré le pas vers la sortie, mes joues de rose anglaise sont devenues coquelicot. À ma timidité s'ajoutent l'excès de grand air et ma hardiesse de lui avoir adressé un signe, comme si on se connaissait. « Coucou, c'est moi, la petite sœur, celle qui travaille mal à l'école, qui traîne encore ce maudit *baby fat* et qui passe par là ! »

Le prince s'est levé, quelque chose d'amusé dans le regard : aurais-je pris mes rêves pour la réalité ?

Après cette audacieuse performance, je suis remontée dans ma chambre, le souffle coupé, comme si j'avais couru le cent mètres. Allongée sur mon lit, les yeux fermés, je m'imagine dansant la valse dans une robe de soie blanche, légère, virevoltant dans les bras du prince charmant. Mais cela ne sera pas possible. Les grands-mères m'ont éliminée. Je suis trop jeune, j'ai peur des chevaux, je ne monte que Scuffle, un poney à peine plus haut qu'un labrador. Sarah adore les chevaux. Je ne serai pas reine à cause d'un canasson, je tiendrai la traîne de Sarah. J'ai seize ans, dans deux ans j'aurai l'âge d'Else.

Charles est reparti après avoir tué une montagne d'oiseaux, son carnage trône au milieu d'un champ labouré de Nobottle Wood. J'en frémis d'horreur. Ici les pigeons ne sont pas d'argile. Sarah est montée dans ma chambre le teint frais, l'allure garçonne, les yeux brillants, pour d'autres raisons que celles que j'imaginais.

– Alors, il te plaît un peu, beaucoup ?
Sarah secoue la tête.
– Pas du tout, il a trop de manières.

Je hausse les épaules.
– C'est drôle, il fait du genre ? Il est prince d'Angleterre. Comment pourrait-il ne pas avoir trop de manières ?

Sarah s'est débarrassée d'un éventuel mariage en révélant dans les pages people du *Mirror* que les façons du prince l'agacent : « Je n'épouserai jamais le prince Charles, éboueur ou roi d'Angleterre. » Les grands-mères la maudiront et le prince n'appréciera pas sa déclaration.
Ce qui est une chance pour les jeunes filles d'Angleterre n'en est pas une pour elle. Le désir des autres n'a aucune influence sur ma sœur. Je l'admire de préférer sa liberté à la couronne, si une situation similaire se présentait, cette force me manquerait. Le royal snobisme qui a contaminé toute la famille l'a épargnée.

Dans sa hâte de rompre, Sarah ne s'est pas contentée du *Mirror*. Grand-mère Fermoy, au bord de l'apoplexie, découvre que sa petite-fille s'est vantée auprès de deux journalistes du *Times* d'avoir eu des dizaines d'amants, de connaître des problèmes d'alcool et de collectionner les photos du prince pour amuser la galerie… Radical : Sarah est rayée des listes.

À la suite de cette pathétique fanfaronnade, Charles l'appelle : « Vous venez de faire quelque chose d'incroyablement stupide. » Leur relation s'arrête net.

Grannie Fermoy est furieuse, son écervelée de petite-fille saccage son travail et l'oblige à s'excuser auprès de la reine mère.

– Sarah, pourquoi ?

– Je ne suis pas faite pour cette vie-là. On m'a demandé une interview, j'ai saisi l'occasion de clarifier les choses : le job est au-dessus de mes moyens.

La place vient de se libérer.

Il y a de quoi rire, mais en Angleterre, approcher le prince Charles constitue l'examen le plus difficile du royaume.

Il faut être bien née.

Il faut plaire à sa mère.

Plaire à sa grand-mère.

Il faut savoir se taire.

Ne point avoir trop de personnalité.

C'est là que ma sœur a échoué. Elle a beaucoup de personnalité et ne sait ni se taire ni se soumettre. On la disait grande gueule, sa réputation a été violemment confirmée. Sarah aime la liberté, elle a sûrement eu peur de l'engrenage. La vie de la royauté telle qu'elle apparaît dans les magazines ne lui semble pas une vie pour elle.

– Charles t'a lourdement suivie du regard quand tu as traversé le vestibule. J'ai l'impression que cela a fait tilt entre vous. Fais attention à toi !

« Tilt » ? D'où lui vient cette expression ? Ce n'est pas faux. Le regard du prince a suivi mon rapide passage, mais il n'y a pas de quoi en tirer la moindre conclusion.

Trois qualités me permettent de me présenter à l'examen le plus difficile du royaume : je suis née Spencer, je sais me taire, je n'ai pas de personnalité. Il suffit maintenant de plaire à la reine. Comme si Charles n'avait pas son mot à dire.

Grannie Fermoy a commis une erreur de casting. La marieuse est dans l'embarras. La reine mère, dans sa grande mansuétude, pardonne et accorde un second essai.

Le Bottin mondain est passé en revue et voilà que, sans perdre courage, Ruth Fermoy replonge dans le vivier Spencer. L'idée que Diana remplace Sarah est née autour d'une tasse de thé avec un nuage de lait, entre la reine mère et ma grand-mère.

Dans la famille Spencer, elles ont pioché l'autre petite-fille, la plus jeune, celle qui, en dépit des treize ans de moins que le prince le plus convoité de la planète, pourrait devenir l'épouse idéale. Voilà comment le complot des voilettes mauves s'est formé.

Il a suffi que ma grand-mère chuchote à l'oreille de la reine mère « Charles semble attiré par *la petite Diana* » pour que sans vergogne, elle vende sa marchandise. Il y avait pourtant d'autres prétendantes, dont Camilla Shand, à laquelle Charles paraît tenir. Mais la reine Élisabeth s'oppose fermement à ce choix. Pas de roturière ! Elle a toujours à l'esprit l'épouvantable exemple de Wallis Simpson et de David – Édouard VIII.

Encore un nuage de lait, et ces dames tombent d'accord sur le second choix Spencer : moi. L'écurie familiale a du succès.

Mais cette fois, un second affront n'est pas envisageable. Grannie, mortifiée, avoue son erreur ; son premier choix aurait dû se porter sur moi. Diana est une vraie jeune fille, innocente et docile, « une âme pure » ! Charles l'a regardée ? À la bonne heure ! Elles tireront profit de ce petit regard en coulisse, trois fois rien, qui sera monté en épingle.

Avant tout engagement, j'ai été sondée, les entremetteuses flairent cette fois la bonne candidate. Les fées se penchent sur le berceau de cette Belle au bois dormant de dix-sept ans. Un peu jeune, mais si innocente, si effacée et tendre, la douce Diana fera l'affaire. Elles m'ont vue dans le rôle d'une princesse de Galles, silencieuse, posée auprès de son prince de mari. Elles ne se trompent pas : je n'ai pas la fougue de Sarah, j'existe sur la pointe des pieds, oui, à peine… c'est parfait. Il faut que je mûrisse un peu, que ma silhouette s'affine, que je me redresse, que j'apprenne à ne pas rire à mauvais escient, et tant mieux si la mode n'est pas mon souci.

Quand les premières rumeurs ont commencé à courir la ville, mon père m'a expédiée en Suisse dans une pension réservée aux jeunes filles de la meilleure société internationale. Me voilà enfermée dans une serre, telle une précieuse orchidée.

Ma grand-mère et mes parents connaissent les ambitions de la Couronne à mon sujet, et les conditions qui l'accompagnent : que je me comporte en future fiancée du prince. C'est-à-dire ni flirts ni sorties. La rumeur suffit, je suis considérée, au collège comme dans ma famille, je monte en grade dans l'estime des uns et des autres. L'attitude des filles oscille entre envie et admiration, les regards sur moi ne sont plus les mêmes. Ma famille me découvre. Un décalage s'installe entre celle que je suis et la princesse de conte de fées.

Juillet 1980. Mes parents me font revenir de Suisse ; il ne s'agit plus d'une rumeur : la famille royale m'a choisie sans me connaître. J'ai été élue pour le sang qui coule dans mes veines ; la reine ignore-t-elle que ce sang est vicié, que ma mère m'a abandonnée et que mon père est alcoolique ? Quelle ironie : je suis acceptée malgré l'alcoolisme d'un père et l'adultère d'une mère.

De retour à Althorp, je suis invitée par Philip, le fils du commandant Robert De Pass, dans leur propriété du West Sussex pour le week-end. D'emblée, il me propose d'aller à Cowdray Park, le prince de Galles y joue au polo avec son équipe, les Diables bleus. À la fin du match, un barbecue sera offert dans le jardin du commandant.

Il fait beau, je me suis assise sur une botte de foin, le prince Charles s'approche et me demande la permission de la partager.

Notre histoire a commencé sur la paille.

Il se souvient de mon apparition à Althorp.

– Je vous ai fait un signe mais vous êtes passée si vite. Vous passez toujours aussi vite ?

J'ai dû sourire, baisser la tête, ce geste né à l'adolescence ne me quitte pas, ni le fard qui allume mon visage à chaque parole de Charles. Je savais qu'il était invité. Je n'avais pas prévu qu'il viendrait partager mon siège de fortune.

La timidité ne sait pas soutenir le silence. Je suis prête à dire n'importe quoi pour éviter l'intensité de son regard bleu marine et son silence pendant lequel rien ne semble se passer alors que tout se passe. Le plus fort des deux résiste, accule l'autre. Le plus faible cède. Charles regarde mes lèvres, il a donc envie de m'embrasser ?

Un ange passe.

J'ai perdu l'épreuve du regard, je cède, je romps le silence :

– Je vous ai vu à la télévision marchant derrière le cercueil du comte Mountbatten à l'abbaye de Westminster, vous aviez l'air si triste ; j'ai été bouleversée. Mon cœur a saigné pour vous. Je me suis dit : quelqu'un devrait veiller sur lui.

Charles fixe mes yeux bleus comme les siens, mais les miens sont clairs, ils n'ont rien d'ombrageux. Charles a pourtant l'air de se demander si je suis sincère. Une jeune fille peut-elle être capable d'une si grande compassion ?

Je le sens ému. Personne ne s'adresse à lui avec ce

naturel. Une lumière traverse son regard, j'ai touché quelque chose, je ne sais pas encore quoi. À moins que cela ne soit mon naturel.

Encore pleine de la belle spontanéité des enfants, j'ai été audacieuse, j'ai parlé à l'idole de mes huit ans.

Charles m'a regardée comme un homme et j'ai tremblé. C'est le premier regard d'un homme sur moi. Le regard bleu marine m'a empêchée de dormir ; j'ai peur de plonger, j'ai toujours peur avant de me jeter en pleine mer, je reste longtemps assise sur le bord du bateau avant de me décider, mais je finis par plonger. Je vais plonger.

Je soutiens ce regard qui transforme les simples rencontres en quelque chose de plus absolu. Je le soutiens encore un peu. Puis je baisse les paupières et je pars, parce que j'ai peur de la suite, je pars pour lui manquer, aussi.

Aujourd'hui, les Pass donnent une garden-party. Charles est revenu vers moi comme s'il me guettait. Je me suis maquillée, le mascara noir sur mes cils me donne un air plus langoureux. Le temps nous sourit, je porte une robe à bretelles, mes épaules sont nues, mais Charles doit rentrer à Buckingham Palace. Il me propose de monter en voiture avec lui. Je refuse, l'étroitesse d'une voiture m'intimide trop, et j'ai peur de ne pas être à la hauteur, le prince a la réputation d'être un intellectuel, de fréquenter des philosophes, des historiens, et je n'ai pas fini mes études.

À partir de ce moment-là, Charles ne quitte plus mes pensées. Je prie pour que la réciproque soit vraie. Je sais que le prince est un séducteur et que toutes les filles du royaume n'attendent que lui.

Quelques jours plus tard, il m'invite à l'Opéra, rendez-vous à l'Albert Hall, puis dîner dans son appartement à Buckingham Palace.

Branle-bas de combat, Carolyn et Sarah m'ont aidée à me laver et me sécher les cheveux et à enfiler ma robe longue.

Sarah se moque, mon tour est venu d'essayer la pantoufle de vair :

– J'espère pour toi qu'elle ne t'ira pas, tu ne sais pas où tu mets les pieds !

Sarah est sarcastique, elle a détesté son expérience avec Charles. Mais elle ne parvient pas à m'inquiéter, nous sommes si différentes, j'ai une chance de réussir là où elle a échoué.

Grand-mère nous chaperonne. Ruth Fermoy, toujours aussi raide et respectueuse des bons usages, ne contribue pas à détendre l'atmosphère.

Le prince, à qui on prêtait au moins trois aventures cette année, ne s'encombrait pas des grands-mères. Les femmes qu'il fréquentait n'étaient pas des jeunes filles, au sens où la cour l'exige pour devenir princesse de Galles. La présence de la grand-mère est un signe pour la suite.

Grannie jubile.

Un regard sur le prince écoutant *Madame Butterfly* suffit, je glisse vers un état inconnu de moi, une ivresse inquiète, Charles est aussi séduisant que ténébreux.

J'ai quitté la campagne et me suis installée à Londres à Coleherne Court avec Carolyn. Sarah nous rend souvent visite. Mes amies Virginia et Anne nous rejoindront plus tard. Ma vie de jeune fille s'est vite écourtée, je n'irai pas en boîte de nuit avec elles, aucun garçon ne pourra m'approcher, parce que moi, j'attends le prince charmant.

L'appartement de Coleherne Court est devenu un salon d'essayage : Sarah et Carolyn me coiffent, m'habillent, me prêtent leurs plus belles tenues.

Mes rencontres avec Charles s'enchaînent, nous ne nous quittons jamais sans la promesse de nous revoir. Après l'Opéra, le *Britannia*, il me propose de le rejoindre sur le yacht royal pour la semaine des régates à Cowes. Sarah n'a jamais été invitée sur le palais flottant de la reine.

– Tu nous raconteras ?

Officiers et marins sont alignés sur le pont, tandis que Charles et ses amis sont à l'avant du navire. Le brouhaha s'apaise quand j'apparais en haut de la passerelle.

Charles s'avance vers moi, s'incline, puis m'embrasse sur les joues.

– Je vous présente Lady Diana Spencer, dit-il sur le ton d'un homme qui vient de remporter un trophée.

Quel trophée ! Je suis juste une jeune fille anglaise tétanisée dans sa robe à fleurs.

Sourires entendus. Est-ce la énième fiancée de Charles ou la future princesse de Galles ? « C'est sérieux ? Elle est jeune... » Les amis de Charles sont plus âgés que moi, mis à part sa cousine Sarah Armstrong-Jones qui a trois ans de moins. La fille de la princesse Margaret a grandi à Kensington et personne ne l'impressionne, même pas les vieux amis de son cousin. Ils se connaissent depuis l'enfance et ont leurs exigences :

– Le plan d'eau est idéal... Et si nous faisions un tour de ski ?

Pourquoi pas ? J'ai perdu deux kilos depuis que j'ai repris la danse. On me regarde, tous ces yeux posés sur moi sont terriblement intimidants, je suis Else sous les yeux du maître chanteur. Mais Else était nue, moi j'ai un maillot sous ma robe.

Je ferme les yeux, Charles va voir mon corps pour la première fois. À quoi pense un homme quand il découvre le corps d'une femme promise ? A-t-elle assez de poitrine ? Sa taille est-elle assez bien marquée ? J'enlève ma robe à fleurs, je me jette à l'eau, effectuant un de ces plongeons appris dans notre piscine à Althorp, j'émerge sous les applaudissements de mes indulgents spectateurs.

Je marque un point selon Sarah Armstrong-Jones. Les invités de Charles sont à l'affût du moindre signe annonciateur de fiançailles, tant d'autres filles m'ont précédée... Quel sera l'avenir de Diana ? Une aventure comme tant d'autres ? Dans l'incertitude, mieux vaut s'intéresser à elle. Charles glisse une serviette sur mes épaules, me caresse le dos, mes cheveux volent au vent, je suis aux anges.

Selon Sarah Armstrong-Jones, l'affaire se corse, les paris sont à la hausse.

– Si Charles t'invite en Écosse, c'est de bon augure, sa mère est toujours là pour les jeux de Braemar.

Sa mère, c'est la reine d'Angleterre.

Charles m'a invitée à Balmoral, la tournée des châteaux commence.

Ma cote monte chez les bookmakers.

Les jeux de Braemar se déroulent au mois de septembre. Chaque été, Élisabeth II interrompt ses vacances pour y assister, elle raffole des Highland Games : lancer de tronc, course en sac, tir à la corde, le tout en kilt et au son de la cornemuse.

Sarah se moque de moi, elle sait combien je suis indifférente au lancer de tronc :

– Charles a peut-être rencontré avec toi la femme qui lui convient. J'espère qu'il te conviendra aussi.

Elle demeure dubitative quant à la réussite d'une éventuelle union avec le prince, il ne s'agit pas de jalousie, elle s'inquiète pour moi : « Ce n'est pas une famille facile », répète-t-elle.

Ses tourments ne me font pas descendre du petit nuage sur lequel je suis perchée.

Ma mère est réapparue avec les premières rumeurs,

c'est que la possibilité d'une idylle princière flatte toute ma famille. Elle m'a offert une robe longue pour ma soirée à Balmoral et elle l'a déployée avec le même soin que si c'était elle qui allait la porter. Le château écossais a la réputation d'être un test, pire qu'un test, un terrain miné : une seule faute et c'est l'élimination. Selon ma grand-mère, ce week-end déterminera mon avenir.

Est-ce que je veux vraiment passer ma vie auprès de Charles ?

Oui, plus que tout.

Suis-je inconsciente ?

Je suis trop amoureuse pour réfléchir.

À la promenade succède le barbecue, puis c'est l'heure du thé et des jeux de société dans le salon de la reine. À dix-huit heures, la famille se change pour le dîner.

Ma présence fut appréciée, Charles a évoqué

« un triomphe auprès de mon père qui aime les jolies femmes ».

Sa mère, sans le dire bien sûr, doit approuver mon ascendance, cette cascade de rois d'Angleterre qui me précèdent : Henri VII Tudor, Charles II, Jacques II Stuart. Suis-je digne de demeurer parmi eux ? La famille semble convaincue. Charles ne l'est pas, Charles est bizarre, quelque chose en lui dysfonctionne, sa voix peut être enjouée et son regard triste. Cette anomalie modère ma joie. Comment est-ce possible ? On ne triche pas avec les yeux. Si les yeux reflètent l'âme, alors, Charles n'approuve pas notre union…

Les Parker Bowles sont omniprésents.

Il est temps que j'évoque Camilla. Quand le prince voyage, dernièrement en Rhodésie, Madame Parker Bowles est avec lui. Elle s'adresse pourtant à moi comme une amie en qui je devrais avoir confiance. Envisage-t-elle de devenir mon amie ? Elle s'amuse, connaît les codes de cette société, certaines expressions sont devenues les siennes. « *Darling, you kidding !* » répète-t-elle en désignant celui qu'elle taquine d'une main nonchalante.

Son rire ponctue ses apostrophes, la tête en arrière, une cigarette entre les doigts, elle reprend son souffle, débordée par son propre humour.

Elle appelle le prince par son prénom, elle prononce « Charles » avec autorité, comme si ce prénom semblait être sa propriété exclusive. Je l'appelle « Sir », je suis exclue de cette propriété-là.

Madame Parker Bowles est un modèle.

Je ne savais pas encore à quel point j'avais raison de le penser. Faut-il lui ressembler ? Le regard de Charles porte à le croire, l'attitude déférente de l'assemblée aussi.

Je ne fume pas, je ne ris pas, rien ne me caractérise, je suis lisse, sans Charles à mes côtés je passe inaperçue. Et pourtant, je fais des efforts, je porte une robe au décolleté arrondi, je me maquille les yeux, l'extérieur est facile à modifier. L'intérieur, c'est une autre histoire. Mes pensées volent dans toutes les directions. Quand je serai sûre de moi, je pourrai adopter une expression comme « *You kidding !* » avec des *yououou* très longs. Attention, cette expression appartient à Madame Parker Bowles, il faudra que j'en trouve une autre. Je ne veux pas l'imiter et je n'ai pas besoin d'exciter ma jalousie pour renforcer mon amour.

Camilla me fascine. Le chic de ses gestes. Un détail par exemple : son briquet est dissimulé dans un étui en bois précieux qu'elle roule entre ses doigts, et le pompon en passementerie qui le termine se balance sous nos yeux, hypnotique pendule. Je veux fumer, je veux un étui en sycomore frappé de mes initiales en lettres d'or. D'ailleurs, toutes les séductrices fument, non ?

En vérité, c'est à Audrey Hepburn dans *Breakfast at Tiffany's* que je voudrais ressembler ; je serais Holly Golightly, une femme fatale naïve et excentrique, une femme qui use d'un fume-cigarette et qui se maquille à l'eye-liner noir, une femme qui porte de longs gants jusqu'au-dessus des coudes, des gants que j'enlèverais délicatement, et ils verraient à qui ils ont affaire. Audrey-Holly est brune, et je suis blonde, Holly est glamour et délurée, je suis timide et bon genre.

Ne rêvons pas, la route est longue jusqu'à Audrey Hepburn.

En attendant, il faut que j'apprenne à m'habiller, à jouer avec les mots, les silences, les yeux, tout ce qui fascine les hommes, mais je ne fais que rougir.

Je suis rentrée me coucher chez ma sœur Jane et mon beau-frère. Celui-ci est attaché au service de la reine et bénéficie du privilège d'habiter sur les terres royales.

Charles m'a raccompagnée jusqu'à la porte du pavillon, j'ai eu droit à un baiser sur le front qui m'a laissée languissante.

Je ferme les yeux et je le vois, je les rouvre et je le cherche. Est-ce donc cela être amoureux, ce manque perpétuel ?

Je me déshabille seule dans ma chambre devant le miroir, j'ai envie de jouer avec mon corps. Ma peau est blanche, fine, immaculée. Aucun garçon ne l'a caressée, à la différence des filles que le prince fréquentait. J'emploie l'imparfait parce que j'espère que les créatures aux robes du soir aguicheuses, au corps tanné par le soleil, c'est du passé.

Une rose anglaise peut-elle le détourner de toutes les autres femmes ?

Le téléphone sonne dans ma chambre, Charles me demande de ne pas oublier notre rendez-vous du lendemain : une promenade le long de la Dee. Sa voix… j'aime sa voix, je colle le combiné contre mon oreille. Ses mots sont des caresses. Nos rendez-vous, des promesses.

Nous nous souhaitons de beaux rêves. Il m'embrasse, par téléphone.

Pardon, Else. Je l'oublie un peu en ces moments heureux, j'ai l'impression de fausser compagnie au malheur et à ma confidente imaginaire. Il s'en serait fallu de peu pour qu'Else soit heureuse, si j'étais écrivain, je proposerais au lecteur une autre version de l'histoire. Le père d'Else n'encourrait aucune menace de faillite, sa mère ne lui demanderait pas de soutirer de l'argent à un pervers, elle rencontrerait l'homme de sa vie à l'hôtel où elle séjourne.

C'est peut-être le moment de me plonger dans *Orgueil et préjugés*, un cadeau de Carolyn. Dans ce roman, Jane Austen raconte l'histoire d'une famille désargentée, avec cinq filles à marier, et d'un voisin riche. Chez les Spencer, on aime les titres, pas l'argent, et on pense, comme l'auteur, que « les apparences peuvent être trompeuses et [que] seuls les vrais sentiments comptent ». Ma famille n'a rien à envier aux Windsor, mais les aristocrates ne se lassent pas d'aimer l'aristocratie. Ils admirent la naissance plus que le mérite. Et si ma fascination pour Charles était due à ce snobisme, un snobisme hérité malgré moi ? Quelle affreuse idée ! Je m'insurge contre une telle subordination.

Ai-je été influencée ? Non ! je rêvais secrètement de Charles depuis mes huit ans, et Charles venait de m'embrasser. C'était fou. Ce simple baiser, ses lèvres chaudes, douces, posées sur mon front un temps suffisamment long pour que naisse l'ambiguïté, a suffi pour éveiller mon corps. J'ai relevé la tête, je voulais ses lèvres sur les miennes. Mais Charles n'est pas descendu jusque-là. Pas encore.

J'ai abandonné le roman de Jane Austen, emportée par ma propre histoire, un baiser, et le premier chapitre d'une histoire d'amour était ouvert.

À ce moment-là, je commence à croire que les contes de fées existent, que je suis l'élue.

Il pleut. La pluie, la boue ne gênent pas les Windsor, j'ai vite compris qu'ils adorent patauger dans la gadoue, la jeep de Charles sent le gibier, et la meute de corgis qui me sautent dessus salissent mon pantalon.

– Ils vous aiment !

Charles parle des chiens, il me prend la main, la porte à ses lèvres.

– Je ne dois pas ? dit-il.

Bien sûr qu'il doit. On fait quelques pas dans l'herbe, Charles me tire par la main vers un coin tranquille, quand il distingue l'éclat d'une paire de jumelles de l'autre côté de la rivière : les paparazzis sont dissimulés dans un buisson. Il me lâche aussitôt, et je vais me cacher derrière un arbre. Je resterai là, immobile, jusqu'à ce que Charles vienne me libérer au bout de cinq minutes :

– Ils sont repartis, dit-il, mais je pense qu'ils ont eu leur photo. L'Angleterre entière va vous connaître !

La promenade fut écourtée.

Pas de baiser.

Les paparazzis sont les ennemis des Windsor, ils s'en protègent plus que de la pluie et des pattes de chien crottées.

De retour à Londres, Charles m'invite à la chasse au faisan à Sandringham. Cette fois, je connais bien l'endroit, puisque Park House, où j'ai passé mon enfance, a été construit sur les mêmes terres que le château des Windsor.

– Vous vous sentirez chez vous, dit le prince.

– Les odeurs de fougère en automne et d'aubépine en été racontent mon enfance, elles me sont familières et indispensables…

Charles me caresse la main.

Je la lui abandonne, inondée de bonheur.

Il m'appelle Diana, je l'appelle « Sir ».

Il ne me dit pas : « S'il te plaît, Diana, appelle-moi Charles. » Non, pas du tout, il me laisse à mon embarras, il me regarde rougir, baisser la tête en prononçant le mot « Sir », comme s'il y prenait un malin plaisir.

Pour rejoindre « Sir » à Sandringham, ma mère m'a prêté une veste doublée de vison rasé comme du velours et des bottillons assortis. J'aime trop les animaux pour supporter les fourrures et la chasse, maman me conseille de faire un effort et Grannie de me taire, je dois marcher à côté de Charles sans me plaindre.

Un faisan passe, Charles l'abat en plein vol, une vie s'achève, l'oiseau tombe à mes pieds. Dans un bruit lourd, sourd, une masse ensanglantée s'écrase sur la terre humide, mais je ne crie pas.

Charles pose ses mains chaudes sur mon dos, m'appelle par mon prénom, sa voix est à peine audible, je tourne la tête, il me regarde, nous sommes très proches, là, dans la forêt, ses yeux plongent dans les miens, il semble se demander si nous serions heureux ensemble. Personne ne sait ces choses à l'avance. Moi, je ne cherche pas à savoir si je serais heureuse avec lui, je veux croire qu'aucun nuage ne viendra troubler notre union. Quelques lueurs grises menacent pourtant le bleu de ses yeux. J'aimerais le rassurer : « Sois confiant, je vais apporter du bonheur à ta vie, à condition que tu le veuilles bien. » À cette idée, une si grande allégresse me traverse qu'il m'est impossible d'imaginer qu'il ne la ressente pas lui aussi.

Son visage se rapproche, sa joue frôle mes cheveux, il est tout près de mon oreille, il murmure mon nom, « Diana », et pose ses lèvres sur les miennes, la bouche fermée dans un premier temps, nous respirons à peine, seules nos poitrines se soulèvent, puis il ouvre les lèvres et je cède, je cède vite, bienheureuse prisonnière de ses bras, de sa langue qui envahit ma bouche. Nos nez glacés se cognent, on s'éloigne, on se regarde, on sourit, on reprend haleine, il pose une main sur ma taille, sa main monte vers ma poitrine, mais il renonce à aller plus haut ; et cette caresse que j'espérais sans la connaître me remplit d'une émotion insoutenable.

Après un autre baiser long, il s'interrompt :

– Allons, il faut être sages.

Je me blottis contre lui, le visage sur son épaule, je cherche son odeur. Ne transparaît à travers ses vêtements que celle de l'homme qui aime la nature, la chasse et les chiens, et moi, je veux son odeur à lui, alors je m'approche de son cou pour mieux le respirer ; il referme ses bras sur moi, nous nous étreignons, il répète deux fois mon prénom, comme pour s'en persuader, oui, c'est moi Diana Spencer, nous sommes Diana et Charles, deux naufragés sur les berges de la rivière.

C'était donc cela être amoureux, ce bonheur inquiet.

De retour au château, Charles me présente un nouveau groupe de ses amis. Il a convié cette fois « la bande du polo », parmi eux Charles et Patti Palmer-Tomkinson, Oliver Hoare et les Parker Bowles. Mais qu'importe le monde, Charles m'a embrassée !

À partir de maintenant, j'écrirai Madame C. à la place de Camilla. Camilla est un prénom qui déclenche en moi une inquiétude. Il n'y a pas de raisons, et s'il y en avait, elles sont révolues. Pourtant, quand Charles prononce ce prénom, mon pouls s'accélère, et j'ai aussitôt besoin qu'il me réconforte.

Madame C. pose souvent son regard sur moi. Je me demande si Charles a été son amant après sa séparation avec Sarah ou pendant qu'il voyait Sarah. L'une pour l'amour, l'autre pour la monarchie. Est-ce possible ?

Elle doit soupirer : « Encore une Spencer ! »

Et moi : « Bonjour, je suis la remplaçante de Sarah ! Je suis là, parce que Sarah n'a pas voulu de la place... »

Camilla aurait bien aimé concourir à l'examen des princesses de Galles, mais son dossier n'est pas bon, elle ne satisfait à aucune des exigences.

Zéro sur cinq. À moins qu'elle ne coche une seule case, celle que la royauté a oubliée : celle de l'amour.

Je préfère ne rien savoir de leur ancienne relation, la curiosité va de pair avec la jalousie, maman disait que le danger vient de devant, jamais de derrière. Pour une fois, je vais la croire. Si seulement il n'y avait pas ces ragots ! la famille royale est tellement exposée que je dois apprendre l'indifférence et avancer droite, princière, pour que tout glisse.

Tout glisse ? Sauf Madame C., qui persiste à m'intriguer, mais je sais masquer mes inquiétudes, c'est une faculté que je tiens de ma mère. Les amis de Charles forment un cercle étroit autour de Camilla et lui, ils rient à la moindre de leurs blagues. Je ne partage aucun de leurs souvenirs, je suis en dehors de leur passé, ils évoquent une époque où je jouais à cache-cache avec Andrew et Edward, les petits frères de Charles. J'ai été élevée à la campagne, loin de la vie mondaine, cinq mille trois cents hectares nous séparaient du premier village.

Madame C. est en terrain conquis, elle fume et elle boit, cigarette dans une main, verre dans l'autre, toujours les mêmes gestes, elle parle de son tableau de chasse, les amis de Charles l'écoutent et ne m'invitent pas à participer à la conversation.

– J'ai tué quinze perdreaux et un lièvre qui passait par là, dit Madame C.

Pour Else, la société est un cirque peuplé de « pauvres êtres humains », et tous lui « font pitié ». Pour une fois, je ne pense pas comme Else, je n'ai pas pitié de ces gens, ils n'ont pas pitié de moi, ils n'élargissent pas le cercle pour autant. Ils le ferment et me laissent en dehors. Mais quand Charles vient me secourir, immédiatement le cercle s'ouvre, je peux entrer, des regards interrogateurs se posent sur moi : « Il lui prend la main, c'est donc sérieux, il faut être aimable avec cette jeune fille, elle ira peut-être plus loin qu'Anna Wallace et Amanda Knatchbull – et si elle détrônait Camilla ? Mais elle est si jeune, elle ne saura pas, Camilla va n'en faire qu'une bouchée. »

Un ami de Charles a commis une maladresse, personne ne s'en est aperçu, sauf moi. Hugh a évoqué un souvenir de ski avec Charles et Camilla au début de notre idylle. Son mari était-il absent ? Charles n'avait donc pas encore rompu sa relation avec Madame C. à ce moment-là.

Et sur le *Britannia*, était-elle encore dans son cœur ? Charles ne bronche pas, se dérobe, Madame C. prend sa place. Je la devine à son parfum ambré, cette fragrance chaude et envoûtante, elle s'adresse à moi les yeux mi-clos, le visage un peu relevé à la façon de Charles :

– Je vous enverrai une invitation pour déjeuner.

C'est gentil. Mais pourquoi ? Pour me donner le mode d'emploi de Charles ? Les conseils d'une ancienne maîtresse à la future épouse… Madame C. prétendrait-elle connaître les goûts de mon futur fiancé mieux que personne ? J'avale l'assiette de canapés au saumon. Un réflexe, quand je suis contrariée.

Madame C. me lance un regard plein de sous-entendus, j'ai lu trop de contes de fées, d'histoires de sorcières empoisonneuses, pour ne pas frémir. Mais je ne suis pas Blanche-Neige, Madame C. n'est pas une sorcière, elle ne me tend pas une pomme empoisonnée, elle veut juste m'inviter. Oublions la sorcière. Elle me parle près de mon oreille, ses cheveux sont secs, sa peau est celle d'une femme qui aime le vent et le soleil, son regard est impossible à éviter, son sex-appeal, évident.

Elle m'impressionne. Nous n'avons aucun point commun, sinon Charles. Elle est « heureuse pour nous ». Je ne la crois pas. « Vous serez rarement seule avec lui. » Prédiction ? Aimable avertissement ? Madame C. dissimule mal ses regrets. Cette fois nos cheveux se touchent.

– On se verra, dit-elle avec un sourire assuré. Vous viendrez passer une fin de semaine dans ma campagne. Puis elle ajoute : Dès que Charles partira pour le Népal.

Charles doit partir au Népal ? Charles part ? J'essaie de cacher mon désarroi. Quand ? Il ne m'a rien dit. Camilla est au courant avant moi ?

Alors je ne peux qu'adopter l'attitude de celle qui sait

déjà, je joue à la fille décontractée, bien que ses mots m'atteignent comme des flèches.

Je suis blessée.

Je préfère la compagnie des arbres à cette forêt d'hommes et de femmes.

Après le dîner, le prince en tenue de soirée m'invite à danser, ma longue robe de velours pourpre tournoie. Les invités nous regardent, certains diront que l'on devinait l'électricité entre nous. Tous applaudissent. L'électricité ? Oui, je la ressens, ni la distance ni la bienséance n'ont changé quelque chose. Et lui ? Je ne sais pas, trop de bonnes manières masquent les sentiments. Pourtant ce soir, Charles murmure à mon oreille :

– *Unforgettable; that's what you are.*

Nat King Cole lui a soufflé ces mots, Charles les a faits siens, et je le crois, je le crois et c'est merveilleux.

Ses yeux me cherchent, et c'est moi qui détourne le regard. La musique s'arrête, Charles me baise la main, les applaudissements jaillissent. J'ai l'impression de vivre dans un conte de Grimm.

Je n'en reviens pas, moi dont la beauté, selon mon frère, est inférieure à celle de mes sœurs, moi dont les études ont été médiocres, je danse au bras du prince d'Angleterre, je suis là, sous les lustres en cristal de Sandringham, en train de réussir l'examen le plus difficile du royaume pour devenir la princesse de Galles !

Charles m'était-il prédestiné ?

La vie se déroule-t-elle comme une valse, suffit-il de se laisser guider par le destin ? Je suis tombée amoureuse du prince Charles le jour de mes huit ans, le 1er juillet 1969. Alors que dans le jardin m'attendaient mes jeunes invités, autour de l'éléphant que papa avait loué pour m'épater, moi, j'étais assise devant la télévision, je regardais la reine Élisabeth introniser son fils prince de Galles. Fascinée.

N'influence-t-on pas toujours un peu le destin ?

Un courrier anonyme adressé à Diana Spencer est arrivé au 60, Coleherne Court. Au dos figure un crapaud noir.

L'enveloppe contient d'anciennes coupures de presse :

Le *Daily* : « L'aventure de Charles et Camilla a repris en 1978, après son accouchement. »

Le *Times* : « La relation entre Charles et Camilla peut être qualifiée de passion. »

Le *Sun* : « L'arrière-grand-mère de Camilla a été la maîtresse adorée d'Édouard VII. La présence des princes de Galles est une manie dans cette famille. »

Le *Guardian* : « Charles prétend préférer les femmes mariées, moins dangereuses que les célibataires, avec elles au moins, il ne risque rien. Elles sont discrètes et ne demandent pas le mariage ! »

Le *Daily Mail* cite le nom des jeunes femmes avec lesquelles Charles aurait eu une liaison, et les raisons de leur éventuelle éviction sont commentées. Parmi elles, « Camilla Shand, malgré son mariage avec Andrew Parker Bowles ».

Les articles sont méticuleusement découpés, le crapaud noir peut-il être une femme jalouse ? L'idée d'inspirer une telle haine me bouleverse et m'anéantit.

Juste après ce déferlement de haine, Charles me fait déposer un bouquet de roses de David Austin, mes préférées, en remerciement d'« un slow inoubliable ».

L'appartement de Coleherne embaume, Carolyn, Anne, Virginia et Sarah m'entraînent dans une ronde, ivres de joie comme des gamines. La tête me tourne, d'ailleurs, nous tombons.

– Duch, je n'ai jamais vu un si beau bouquet !

Duch, comme le diminutif de duchesse, c'est le surnom dont m'affuble ma sœur depuis mon plus jeune âge.

S'il y a une future princesse de conte de fées sur cette terre, c'est bien moi.

Diana Spencer

Lady Diana

Princesse Diana

Lady Di

Comment m'appelleront-ils ?

J'ai glissé le mot de Charles dans mon soutien-gorge, espérons que le terme « inoubliable » demeurera gravé sur ma peau. Charles signe de son prénom et le souligne, un besoin d'affirmation selon les graphologues. Souffre-t-il d'insécurité ? Cette idée me touche infiniment, moi aussi je souligne mon prénom.

En bas de l'immeuble, les photographes me guettent je dois me déguiser pour sortir.

Les fleurs, les invitations s'accumulent. Selon les gazettes, je serai la future princesse de Galles. Fierté chez les Spencer ! L'orgueil ressoude mes parents, ils se parlent à nouveau. Ma grand-mère, Lady Fermoy, tremble à l'idée que je ne sois pas à la hauteur d'un choix dont elle s'est portée garante, et sa crainte augmente à mesure que les choses se précisent.

Sarah ne change pas d'attitude : les contes de fées n'existent pas, elle ne voit qu'un immense danger à accepter un tel mariage.

– Écoute, Duch, si tu veux te sortir de là, il est encore temps, dépêche-toi avant que la grille dorée ne se referme sur toi, balance à la presse n'importe quoi, par exemple que tu adores la vodka et que tu as eu des tas d'aventures, ça marchera, l'alcool, les amants, la famille royale déteste ça ! Elle te relâchera ! Ce n'est pas une blague, Duch, je n'ai jamais été aussi sérieuse.

À ce moment-là, j'aurais pu écouter ma sœur et me sauver. À vrai dire, la pensée m'a traversée, mais pas longtemps, j'étais incapable de résister à Charles, même si je ne pouvais affirmer qu'il m'avait choisie ; « on » m'avait choisie, et ce « on », ce n'était pas un homme, ce qui aurait été plus simple, mais une institution.

Je ne m'estimais pas assez pour résister à cet honneur, comment moi, petite Diana de dix-huit ans sans diplômes, aurais-je pu m'opposer à la volonté royale ? Et puis j'étais amoureuse. On dit folle amoureuse, probablement étais-je folle aussi.

Une chose est sûre : notre famille plaît au royaume.

De passage à Coleherne, Sarah s'est mise à déclamer au milieu du salon :

– La main gantée et baguée de la reine est tombée sur nous. Elle a commencé par attraper la fille aînée, mais l'aînée s'est débattue, alors, la main gantée et baguée s'est abattue sur la plus jeune, celle qui n'avait pas confiance en elle et qui s'est laissé prendre sans résister. Cendrillon n'est pas loin, elle croit encore au prince charmant. La reine a proposé sa nouvelle recrue au prince. Le prince fait la fine bouche, encore une Spencer ! Le célibataire le plus couru du royaume écoute sa maman. Fini les beautés et les héritières, Charles doit rentrer dans le rang. Si tu restes, il va falloir être forte, Duch, tu es encore une jeune fille rougissante, une vierge effarouchée, gauche, névrosée, blessée par les déchirements de notre famille, habillée comme une dame de bonnes œuvres, pas sexy pour un sou, naïve, et pas très instruite, il va falloir ramer et prendre des forces si tu ne veux pas être dévorée toute crue. Tu as vu sa bande ? Flatteurs et déférents avec les forts, écrasants avec les faibles. Tu as compris leur mentalité, hello, Duch ?

Puis, dans un grand éclat de rire, elle me lance :

– En plus, il a les oreilles décollées !

Je pouffe de rire moi aussi.

– Eh bien moi, j'aime ses oreilles ! Elles lui donnent quelque chose d'attendrissant.

– Tu aimes ses oreilles ! Alors, tu es vraiment amoureuse !

J'ai trouvé un travail d'assistante dans une école maternelle, une école chic, Young England Kindergarten, dans le quartier de Pimlico, les enfants sont ma récompense, j'espère en avoir dix ! Si j'avais été douée pour les études, j'aurais été pédiatre et j'aurais vécu entourée de nouveau-nés.

Mes allers-retours dans les demeures royales alertent la presse, les photographes se multiplient et campent en bas de mon immeuble. Je suis pourchassée, on me tend des micros dès que j'apparais, mais, contrairement à ma sœur, je ne me livre pas, je m'engouffre dans ma voiture.

– Vous avez la bouche cousue ?

– Oui !

Pas un mot de plus.

Les journalistes, téléobjectif à l'épaule, doivent dormir sur place. Ma vie de jeune fille a été de courte durée, j'ai sauté une étape de ma jeunesse, franchi un pas de géant, et je me suis retrouvée dans un autre monde, un monde fou, où l'on accorde à la baby-sitter que je suis l'attention réservée aux stars. Pourquoi ? À cause du baiser d'un prince. Ses lèvres ont un pouvoir, je suis célèbre à cause d'un baiser. Mais j'ai l'impression d'usurper une place, je ne mérite pas l'intérêt que l'on me porte. Je ne suis même pas belle. Je suis une Anglaise banale. Je mords mes joues quand je me regarde dans la glace, et pourtant, malgré ce visage trop rond, une horde d'inconnus encercle mon immeuble.

Charles ne s'inquiète-t-il pas de l'assaut des paparazzis que je subis chaque jour ? Non, non, il s'inquiète de celui que subit Madame C. Pourquoi une amie de la famille suscite-t-elle un tel intérêt ?

Alors, bonne fille, je me fais du souci pour elle, je propose de lui écrire un mot. Charles me remercie, comme si je lui rendais service.

Au palais, on envisage de m'installer dans un endroit protégé, je n'ai même pas pu aller au *flea market* avec mes amies. Comment imaginer que je ne pourrai plus me promener sans être reconnue, que je vais devoir faire le deuil de ma liberté ? Personne à part ma sœur ne m'a prévenue.

Il y a des jours que l'on n'oublie pas, des jours qui marquent la mémoire au fer rouge. Il y a dans mes pensées ce moment où, sur le bord de la rivière, Charles et moi avons échangé notre premier baiser, quel amoureux ne se souvient pas du lieu du premier baiser ? Puis il y eut ce 16 novembre 1980. Sarah est arrivée dans ma chambre, le *Sunday Mirror* à la main, en me traitant de coquine.

– Qu'est-ce qui te prend ? Pourquoi « coquine » ?

– Tu aurais quitté Londres pour un rendez-vous secret avec Charles ? Le train royal s'est arrêté en rase campagne pour toi, pour te faire monter… ! Mais Duch, vous avez… avant le mariage !

Je n'ai pris aucun train, je ne comprends pas de quoi elle parle. Charles aurait fait arrêter le train pour cueillir au passage une femme blonde ?

Pour la première fois, mon nom apparaît dans l'article d'un magazine à scandale intitulé : « *The royal love train* ».

La femme était blonde, mais ce n'était pas moi.

Sarah ne me croit pas, je lui jure que je ne suis pas montée dans ce train, cette histoire devient désagréable.

Charles le sait mieux que personne.

Charles avec une blonde, mais qui ?

Le téléphone sonne, c'est Charles, furieux, les journaux impriment des bêtises, je ne dois pas les croire. Il parle vite, sur un ton que je ne lui connais pas. Je ne suis pas aussi affolée qu'il le craint, moins que la famille royale, je suis innocente de toute intrigue – ou bien l'idiote du village, à ignorer cette blonde ?

Maman a envoyé une lettre au rédacteur en chef pour se plaindre de « l'acharnement dont sa fille fait l'objet et des indiscrétions ». Pourquoi a-t-elle employé le mot « indiscrétions » ? Croyait-elle à l'histoire de la blonde du train ? Le palais royal prend aussi ma défense, la reine demande à son attaché de presse d'obtenir un démenti du journal.

Les femmes réagissent, solidaires, comme si toutes avaient fait les frais de ces tristes tracas – la reine pour protéger notre mariage, maman parce que le sien n'a pas résisté à sa propre infidélité.

Charles s'agace, sa liberté se restreint malgré ses subterfuges, sa vie aussi va changer.

Je ne comprends pas cet affolement général. Alors je demande à ma sœur aînée :

– Sarah, mais de quoi s'agit-il ? Pourquoi est-ce si grave ?

Elle ne me répond pas. Selon le *Times*, les membres de la famille royale sont au courant de ces rendez-vous secrets. Charles reste fuyant et flou dans ses réponses. Il exprime sa colère contre les journalistes, mais ne les contredit pas.

– Duch, si tu entres dans cette famille, tu dois renoncer à lire les journaux et rester indifférente aux ragots.

– Les photos publiées dans les journaux ne sont pas des ragots, Sarah, tu y as cru toi-même. Elles sont la preuve qu'une blonde, qui n'est pas moi, existe dans la vie de Charles.

Mes sorties sont devenues « des chasses à courre en plein Londres », Carolyn s'en amuse, sauf que c'est moi le gibier. Hier, nous avons dû abandonner la voiture, sauter dans un bus, puis en descendre, un fichu sur la tête, et nous réfugier dans un magasin de chaussures. Je n'en reviens pas de l'intérêt que je suscite. Une fois encore, qu'ai-je fait d'extraordinaire ? Je suis une assistante de jardin d'enfants, une baby-sitter occasionnelle. Je suis traquée à cause de celui qui n'est même pas mon fiancé officiel. Les photographes m'attendent aussi devant le jardin d'enfants où je travaille. Hier je portais une jupe longue, je ne me suis pas rendu compte de sa transparence à contre-jour, mon indécence s'est exposée à la une du *Sunday Times*. Charles s'en est amusé : « Le monde entier saura que Lady Diana a de très jolies jambes. »

C'est la première fois qu'un homme remarque mes jambes et les apprécie. J'en éprouve autant de gêne que de bonheur.

Les compliments du prince ne résolvent pas le mystère de la blonde. Charles aurait donc fait arrêter un train sur une voie de garage à Holt pour un rendez-vous galant. Les responsables de la presse à Buckingham Palace sont venus à mon secours, le directeur du journal a été réprimandé, sans pour autant répondre à la question : qui était cette femme ?

Le journal a fini par accepter de publier un démenti. La blonde n'était pas Diana Spencer. Ma dignité est sauve, mais pas mon honneur. Charles me trompe avant de m'avoir épousée. Carolyn me conseille de fermer les yeux sur cette histoire, Charles a besoin de temps pour mettre de l'ordre dans sa vie. Je suis triste d'une tristesse inconnue jusqu'à ce jour. Personne à part lui n'est capable de me mettre dans cet état. Tout le monde connaît l'identité de la blonde, sauf moi. Peut-on épouser un homme qui, avant ses noces, manigance de tels rendez-vous secrets ?

Le lendemain, le même journal dévoile l'identité de la blonde. L'information est cruelle : il s'agirait de Madame C.

Mon cœur s'arrête, je suffoque, encore cette femme sur mon chemin.

Pourquoi Madame C. est-elle chez la reine, à la chasse,

à la pêche, dans l'avion pour l'Afrique du Sud, et maintenant dans ce train ? Elle se montre pourtant aimable avec moi. Charles s'excuse de cet *inconfort.* Il emploierait le même mot pour un canapé.

Charles avait déclaré qu'à trente ans, il se marierait. J'arrive avec la limite d'âge.

La reine mère nous a prêté le manoir de Birkhall pour nous abriter des paparazzis. Charles a l'air heureux de m'emmener dans ce domaine en Écosse, mais il ne dit pas pourquoi, il ne dit pas « pour protéger notre amour », par exemple. Il n'emploie pas le mot « amour ». D'ailleurs, il n'emploie aucun mot pour qualifier notre relation, ni pour évoquer l'avenir. Charles vit au jour le jour.

Nous sommes passés devant Balmoral puisque Birkhall se trouve dans ses environs, j'étais heureuse de ne pas y séjourner, la reine m'observe avec trop d'attention. Elle est perspicace et j'ai trop de pudeur pour aimer être devinée.

Une forêt de pins de Calédonie borde la route et nous enserre, si je n'avais pas l'habitude des forêts je m'inquiéterais. Charles pose sa main sur la mienne, sa main d'homme la recouvre parfaitement, nous sommes en route pour le week-end. Une haie d'ifs ouvre sur un jardin broussailleux et informel, un mélange de feuilles vertes et argentées inspiré des jardins de Vita Sackville-West à Sissinghurst.

Dans le salon règne l'odeur rassurante des vieux cottages, un mélange de pot-pourri et de feu de bois. Les canapés sont usés, les coussins brodés au petit point, un livre de Walter Scott, *Ivanhoé*, est posé sur une table. Le service à thé est en porcelaine bleu et blanc, aux couleurs de l'Écosse. Charles se passe du maître d'hôtel, il veut servir le thé, les scones et les *finger sandwiches* lui-même.

– Nous y voilà, dit Charles en souriant.

« Nous y voilà… »

Les murs de ma chambre sont couverts de chintz à fleurs, le lit à baldaquin, les serviettes, les draps brodés d'une couronne, trois lions sont gravés sur les couvercles en argent de mon nécessaire de toilette, l'ambiance ouatée de ce luxe très Windsor est faite pour abriter une vie tranquille à la campagne. Charles me propose une promenade. Scones et promenade, notre vie ensemble commence, tous les espoirs sont permis.

Deux femmes de chambre entrent pour défaire ma valise et emportent ma robe du soir qui n'a pas besoin d'être repassée.

Le bonheur est à portée de main, si seulement la passagère du train disparaissait de ma tête. Mon esprit s'accroche à cette pensée douloureuse et la suspicion se mue en obsession. Au lieu d'ouvrir les fenêtres, de respirer cet air délicieusement frais, je pense à la dame du train, au mensonge de Charles, et je suis révoltée.

Mes efforts pour me débarrasser de cette douleur se heurtent à quelque chose de fort en moi, comme une résistance. J'ai changé.

Le doute entre dans ma vie.

Quelque chose dans ma tête s'est déréglé.

Je m'allonge sur mon lit, je ferme les yeux et la scène se reproduit, là, dans cette chambre douillette, entre les géraniums roses et mauves du chintz, je vois le train s'arrêter en pleine campagne, je vois une blonde attendre sur le bas-côté, je vois le prince sortir du wagon, lui tendre la main, elle la saisit, elle monte à bord et le train repart.

Je ne suis pas cette blonde.

Si Else avait su arrêter ses pensées, elle ne se serait pas suicidée. Elle se serait peut-être dévêtue, mais elle aurait pris une certaine distance avec cet épisode douloureux de sa vie.

Son esprit ne savait pas effacer, elle est restée bloquée sur son humiliation, tout l'y ramenait, elle n'avait plus confiance en l'avenir.

Sa mère : « Il a toujours eu un grand faible pour toi, tu sais, le riche antiquaire, ce Monsieur von Dorsday… »

Les hommes sont des salauds, son père et ce Monsieur von Dorsday en sont l'illustration.

Else, tu voulais sauver ton père.

Else, tu as montré ton corps, pas ton âme, ton âme est pure.

Else a montré son corps pour sauver son père.

Else a avalé le poison.

Moi, je ne veux pas ingurgiter ce Véronal de l'esprit, je ne veux pas mourir de jalousie. Je vais aller cracher dans les toilettes, je veux me débarrasser de l'histoire de la blonde, m'en débarrasser comme je peux, mon ventre se soulève, je hoquette, mon estomac se révulse, mais rien ne vient. J'aurais aimé rendre mes idées noires.

Je me suis agenouillée. Else n'a pas su traverser la tempête, elle s'est noyée. Elle n'a pas rendu le poison, elle n'a pas prié, elle a bu jusqu'à la dernière goutte.

Le téléphone sonne, Charles m'attend dans le hall.

Que le train aille siffler ailleurs et me laisse tranquille.

Je ne suis pas maîtresse de mon esprit, j'en fais le triste constat. Je ne maîtrise que mon apparence, à peu près.

Je sais que ce moment est unique, qu'il y en aura d'autres, mais pas comme celui-là. J'aimerais ne pas le gâcher, même si je ne possède pas la formule magique.

Charles est assis sur un banc tapissé de tissu écossais, il est cerné par des trophées de cerfs sûrement abattus par la famille royale. Les animaux empaillés m'impressionnent, j'ai du mal à comprendre cet attrait pour des cadavres suspendus sur un mur. Je me tais. Je n'ai aucune légitimité à critiquer les passions des Windsor.

Je descends l'escalier en tenant la rampe, j'arrive près de Charles, souriante, sauvée encore une fois par ma capacité à ne rien montrer.

Je m'assois près de lui sur la banquette du vestibule, nos corps se touchent, se bousculent presque quand nous enfilons nos bottes en nous balançant en arrière, puis Charles m'invite à choisir une canne de marche et une veste de pluie parmi celles suspendues au portemanteau.

Enfin équipés, nous franchissons le porche, Harvey, son labrador noir, est là, il attend devant la porte ouverte sans pénétrer pour autant dans la maison, il est bien élevé, précise le prince avec fierté, « *well educated* ».

Of course.

Charles veut m'emmener dans le plus bel endroit de la propriété. On marche dans la boue, comme à Balmoral je note combien la boue ne gêne pas les Windsor, qu'ils y pataugent avec une époustouflante facilité, Harvey nous emboîte le pas. Nous approchons d'un torrent, les remous de l'eau couvrent en partie la voix de Charles, il a quelque chose de très important à me dire. Il attrape mes poignets, soudain solennel. Il prononce mon prénom, il dit que nos prénoms sonnent bien ensemble et que c'est important, « Charles et Diana ou Diana et Charles, c'est mélodieux, deux mots que l'on a envie d'accrocher comme des wagons »... Des wagons ? Pourquoi ce mot ? Wagons, train... Le terme est malheureux, à moins que la malheureuse ne soit moi, moi qui ramène tout à cette fichue halte. Il n'y pense pas ? Je ne pense qu'à ça.

Charles, le regard plongé dans le mien, l'expression langoureuse mais sérieuse, prononce quelques mots, que les remous du torrent rendent incompréhensibles. Mais j'ai lu sur ses lèvres sa demande en mariage, je ne l'ai pas entendue, je l'ai lue.

Il avait l'air résolu. Sa demande serait donc une parole d'amour, pas un devoir.

Charles relève mon visage de sa main, il veut me voir. Est-il capable de deviner mes craintes ? Nous nous regardons, comme si dans nos yeux nous voulions lire l'avenir. Le même regard qu'à Balmoral, probablement les mêmes interrogations, la décision engage nos vies et la monarchie.

Pas de joyeux délire, nous sommes les jouets de tant d'éléments.

Nous nous blottissons l'un contre l'autre comme des enfants apeurés, pas comme des amoureux. Derrière nous, l'eau tombe avec effervescence.

Il est encore temps de reculer, l'idée traverse son esprit, le mien aussi, dans quelques secondes, les dés seront jetés.

J'ai accepté, j'aurais pu nous libérer, il aurait pu nous libérer, ni lui ni moi ne l'avons fait.

Le torrent a emporté nos questions, et nos réponses ont été noyées dans le tumulte de l'eau.

Charles m'a serrée contre lui.

Je serai sa femme, je serai sa princesse de Galles.

Nous étions embarqués, pour Dieu sait où.

Ma mère m'a appris la vie à travers les contes. Blanche-Neige avait été sortie d'affaire grâce au baiser d'un prince. L'étreinte de Charles, comme une baguette magique, a effacé mes craintes.

Nous nous ressemblons, nous nous sommes trouvés,

peut-être pas dans l'amour, mais dans l'ignorance de nos vies futures.

Ce qui nous écrase nous rapproche, nous nous enlaçons, ne formant plus qu'un face à l'adversité, presque rien face à l'univers de la royauté.

Je me suis laissée glisser dans la baignoire, la tête sous l'eau parfumée à la rose géranium de Penhaligon's le plus longtemps possible. Je peux mourir si je le veux. Il suffit de résister à l'envie de respirer. Mais je sors la tête et je respire, l'énergie de vivre revient en moi.

Je sèche mes cheveux courts avec une serviette, ma robe longue est revenue de la lingerie, repassée, amidonnée, au point de sembler sortir d'une boutique.

Le prince Philip se tient debout devant le feu de cheminée du salon, la nuque raide mais le regard caressant, il m'embrasse, heureux de m'annoncer qu'étant seul, il s'est invité à dîner.

Charles est arrivé quelques secondes après moi, la mèche légèrement ondulée par la pluie, son père a posé la main sur le dos de son fils. Charles a paru surpris de ce geste d'affection. Le père et le fils se sont donc parlé, Charles l'a mis au courant de sa demande, la main dans le dos est une façon de le féliciter. Les mauvaises pensées m'abandonnent un instant, il faudrait arrêter le temps. J'ai l'impression de tourner un film, est-ce bien moi, debout dans ma robe amidonnée, entre le prince Philip qui m'offre du champagne et le prince Charles qui me tend un canapé au saumon ? Tout est allé si vite.

J'observe, incrédule, le spectacle de ma propre vie.

Après l'infusion, le prince Philip a rejoint son château et Charles m'a raccompagnée jusqu'à ma chambre.

J'ai « séduit » son père, me dit-il, et lui, l'ai-je séduit ?

Ma famille était aussi avare de tendresse que celle de Charles. J'en ai souffert. Charles également, je l'ai lu dans les journaux. Nous réagissons différemment à notre enfance. Charles répète la distance familiale, alors que moi je rêve d'effusions.

Charles m'a caressé la joue et m'a demandé si je n'avais besoin de rien.

Je n'ai pas dit, « d'un baiser », et je l'ai regretté.

Une bouillotte entre mes draps et une coupelle remplie de chocolats devraient suffire à me réconforter. Sur la table de nuit, un flacon de sels en opaline, comme ceux que maman collectionne, le couvercle de celui-ci est en or et turquoises, gravé en son centre des initiales de la reine Victoria. Y demeure le parfum d'une reine qui a follement aimé le prince Albert de Saxe-Cobourg-Gotha, son mari, et lui a donné neuf enfants. Je me sens capable d'avoir autant d'enfants que la reine Victoria, si Charles le veut bien.

Le matin, sur mon plateau de petit déjeuner, toasts, omelette, salade de fruits et le *Daily Telegraph* : à la une, une photo de Charles et Lady *Shy* prise la veille par un paparazzi. Lady *Shy*, c'est moi, parce que je baisse la tête face à Charles. Suis-je devenue célèbre ? C'est étrange de voir sa photo dans un journal, je suis plus jolie que je ne le pensais dans cet ensemble en tweed. Si seulement je ne me mordais pas les lèvres.

Avant d'aller plus loin, il est urgent de savoir si je suis apte à avoir des enfants. La demande officielle ne peut se passer de cette confirmation.

La famille m'a élue pour mon pedigree, je suis un animal de race, une sorte de corgi sélectionné dans un bon élevage et ausculté par le meilleur vétérinaire.

Le divorce de mes parents n'a rien empêché, tant pis si ma mère démissionnaire ne fait pas l'unanimité chez les Windsor. Je ne ressemble pas à cette femme libre. La reine l'a compris. J'ai dix-neuf ans maintenant, pas d'anciens amants, il n'y a aucune photo compromettante de moi. Je suis celle qui affrontera le sourire aux lèvres les inaugurations d'écoles et les voyages officiels, qui aimera Charles toute sa vie et qui donnera à la monarchie les enfants attendus. C'est le pari qu'on a fait sur moi.

J'ai rendez-vous avec le docteur Pinker, gynécologue de la reine, pour l'examen le plus décisif avant l'annonce publique des fiançailles.

Je suis un ventre neuf, apte à enfanter. La stérilité ne sera pas un motif de répudiation. Le gynécologue a-t-il vérifié ma virginité ? L'oie blanche est aussi blanche que sa famille le prétend. Le compte rendu médical a dû atterrir sur le bureau de la reine, entre deux notes de Margaret Thatcher sur la question irlandaise et les problèmes économiques.

L'autre point important concerne Charles. Selon une coutume windsorienne, il doit s'éloigner de moi avant nos fiançailles. Notre entente physique sera la surprise de la nuit de noces. D'après mes sœurs, la première fois est décisive.

Charles sera expédié au Népal, puis en Inde. Au Népal ? Madame C. avait donc raison, elle connaît les déplacements de Charles avant moi.

Si j'étais jalouse, je m'en inquiéterais. Suis-je jalouse ? Je n'ai pas de prédispositions à l'être, je pourrais le devenir si les bizarreries de Madame C. s'accumulaient.

Charles en portera la responsabilité.

Pendant que Charles sera en Inde, maman et son mari m'emmèneront visiter l'Australie. Cette séparation est une ultime réflexion offerte aux fiancés, et la renonciation au mariage est donc encore possible.

Pour me protéger des paparazzis, la reine m'a proposé de m'installer à Clarence House. Ma présence à Coleherne Court complique la vie de mes amies, même l'entrée de service est cernée. Hier, nous sommes descendues le long d'un tuyau pour nous échapper au cinéma, c'était facile, nous habitons au premier étage. C'est sûrement la dernière fois de ma vie que je m'amuse à pratiquer ce genre d'acrobatie.

Je suis arrivée seule dans l'atmosphère particulière des palais appartenant à la royauté.

J'avance, lentement, il n'y a pourtant pas de danger, juste une absence : Charles est en tournée au pays de Galles, et personne de la famille royale n'est venu m'accueillir.

Selon mon officier de sécurité, il ne me reste que quelques jours de liberté, « Alors, profitez-en ! » m'a-t-il dit comme si j'étais une inculpée avant son incarcération. Qu'entendait-il par « quelques jours de liberté » ? « Vous ne vous appartiendrez plus »...

Je suis dans une des demeures de la famille royale, une femme de chambre ouvre la porte de mon appartement, une suite de quatre pièces meublées luxueusement, sans aucune âme.

Ce soir, la reine mère donne un dîner en mon honneur. À cause de sa vie privée, ma mère est mise à l'écart, mais Grannie sera là, elle détaillera chacun de mes gestes, analysera mes paroles, à l'affût de la moindre maladresse, et dès le lendemain, trop heureuse de me sermonner, elle me rabaissera.

J'ai révisé l'intraitable protocole, et malgré cela, mon hésitation dans l'ordre des salutations était visible. Je me suis également trompée dans l'ordre des sorties. Pour achever la liste des reproches, ma grand-mère dira que je tenais mon sac de la main droite, alors qu'il se porte de la main gauche.

Ne pas se créer d'ennemis : la princesse Margaret est aussi tatillonne que Grannie.

Je me suis mêlée au monde avec une insouciance dangereuse aux yeux de ma grand-mère, cela n'a pas empêché la reine mère de m'offrir une broche, une marguerite aux pétales de diamants. Le bijou trop somptueux ressemble à une fantaisie de goûter d'enfants. La broche était destinée à la fiancée de Charles, cela aurait pu être une autre que moi.

Mes remerciements, je l'espère, ont été à la hauteur du bijou, j'ai aussitôt accroché la broche sur le revers de ma veste, les diamants étincellent, on le sait, mais ne réchauffent pas le cœur. Charles n'était pas là ; ma présence n'avait pas de sens sans lui. J'ai remercié la reine mère, qui m'a embrassée avec sa bienveillance protocolaire. L'épouse du roi George VI, l'impératrice des Indes, a pendant des années salué trop de monde, ses réserves de sympathie sont épuisées, l'automatisme a pris le pas sur le naturel.

La reine m'a dispensée d'une révérence ; le regard blasé de celle qui a tout vu, qui connaît tous les bijoux de sa mère et de la Couronne, a balayé mon corsage.

Sitôt remontée dans mes appartements, je me suis dirigée vers la cuisine, j'ai avalé le cake du petit déjeuner et des fruits confits que je n'aime pas en temps normal. Sur mon lit, entre les oreillers, était posée une lettre. Charles m'aurait écrit avant de partir ? Joie ! J'adore les mots de lui, ils sont trop rares et accompagnent toujours des fleurs. Cette fois, c'est une lettre : encore mieux !

J'ouvre l'enveloppe, je n'en crois pas mes yeux, c'est bien une lettre, mais de Madame C. Toujours elle. Elle sait donc que je suis à Clarence House, elle sait tout, alors que mon adresse devait rester secrète.

« L'annonce de vos fiançailles m'a enthousiasmée. » Vraiment ? Elle veut m'inviter à déjeuner pour fêter l'événement, elle désirerait aussi voir ma bague, alors que la bague n'est encore qu'un projet. La date des fiançailles n'est pas fixée, mais elle la connaît peut-être ? Charles avait évoqué cet éventuel déjeuner et semblait y tenir. Qui en a eu l'idée : lui ou elle ? Les deux de concert ? « Elle peut beaucoup vous apprendre », m'avait-il précisé. Sur le moment, je ne me suis pas insurgée, mais m'apprendre quoi ?

Madame C. craint que je sois très occupée et me propose une date lointaine. La lettre se termine par « avec toute mon amitié ».

Oliver Everett et Michael Colborne ont été désignés pour être mes secrétaires. Ils ont travaillé avec le prince et connaissent sa vie. Charles m'a organisé une rencontre avec eux.

Je me demande si eux aussi pensent à la blonde du train ? Le film ne cesse de repasser devant mes yeux, les images se précisent, la femme porte un tailleur rouge, ses cheveux sont blonds, décolorés et laqués, trop de laque, elle se déplace à petits pas sur ses escarpins à talons trop hauts. Charles sort du train, la même scène se déroule, il lui tend la main… Il y a une chambre dans le train de la reine. Je veux arracher ces images de ma tête, ces mots, « le train de l'amour », que les journalistes ont écrits. Ma souffrance est d'une nature nouvelle, bien plus forte que la douleur physique, la jalousie se déclenche pour un rien, s'insinue en moi, trouve toujours un chemin pour m'atteindre. Quel démon m'a mordue ? Quel poison s'est répandu dans ma tête ? Est-il possible que mon imagination dépasse en cruauté la réalité ? Charles n'est pas venu à mon secours, il m'a laissée me noyer dans le tourbillon des images, puis le doute a fini par s'installer dans mon cœur brisé et perturbé à la seule idée d'un train qui passe.

Si je pose des questions sur la vie privée de Charles à Oliver et Michael, ils les lui répéteront et je passerai pour une femme jalouse. Je le suis devenue. Par la force des choses.

Charles n'appelle pas souvent, il est à Klosters, chez Patti Palmer-Tomkinson. La tradition Windsor est respectée à l'excès. Rien ne se passera avant le mariage. Rien ou presque rien. Peu d'affection, de projection. Charles skie. Moi, j'attends dans les palais royaux, la broche de sa grand-mère accrochée à ma veste. Les diamants ne sont pas mes meilleurs amis.

La femme de chambre s'est aperçue que ses douceurs ont eu du succès, alors elle m'offre un cheese-cake à peine sorti du four. J'avalerais n'importe quoi, je m'impatiente, je tourne en rond dans ma chambre, j'attends un coup de fil de Charles et je n'ai reçu que l'invitation à déjeuner de son ancienne maîtresse.

J'avale tout ce qu'il y a dans la cuisine, des barres chocolatées, des Smarties, des cacahuètes, des chips, des saucisses de cocktail, je ne sais plus si j'ai faim, je bois au goulot toutes les boissons sucrées du réfrigérateur, j'ai des litres de liquide gazeux dans le ventre, je me traîne jusqu'au miroir de la salle de bains, je me regarde, de face, de profil, l'image ne peut me correspondre, je ne peux pas être cette fille-là. Charles va me détester, quand il me verra nue, j'ai le ventre d'une noyée. Je hais mon corps, je suis grosse et laide, je ne veux plus qu'on me regarde, je déborde d'eau sucrée, je me penche sur la cuvette et, sans un trop grand effort, tout s'y déverse, le liquide et le reste.

Charles ne m'appelle pas, une blonde est montée dans le train de l'amour et je vomis dans ma salle de bains.

J'ai déménagé pour Buckingham dans l'appartement de l'ancienne gouvernante de Charles et au même étage que lui. Je suis donc dans la résidence officielle de la souveraine à Londres. Je passe d'un palais à l'autre. Je ne me sens pas princesse pour autant, plutôt un lièvre pris dans les phares d'une voiture, aussi éblouie qu'apeurée. Ma grand-mère a raison, je ne suis pas grand-chose, mais je n'imagine pas être quelque chose.

Les événements se précisent.

Charles ne m'a pas encore dit qu'il m'aimait. Pourquoi ? Parce qu'il ne m'aime pas ?

Il m'a finalement téléphoné, léger comme les bulles du champagne qu'il avait bu, il a quelque chose d'important à me demander dès son retour. Un bouquet de roses a suivi son appel, la carte qui l'accompagnait n'était pas écrite de sa main.

Une coiffeuse envoyée par Buckingham est venue me couper les cheveux.

Les soirées sont longues, je lis, je regarde la télévision, je tourne en rond en attendant Charles. Si l'amour se mesure à la capacité d'attendre, je vais décrocher le premier prix.

Charles était à Londres, je l'ai su trois jours après son retour. Il n'a pourtant pas dormi à Buckingham Palace, c'est la seule chose dont je sois sûre, puisque j'habite sur place. Où a-t-il passé ces deux nuits ? Cette question ne m'a pas torturée sur le moment, c'est après que je me suis interrogée.

Nous avions rendez-vous au château de Windsor. Il est arrivé, bronzé, en tenue de sport, la mine reposée, moi j'avais les cheveux courts, brillants, les lèvres grenadine et une robe à collerette de jeune princesse.

C'est derrière les murs de cette forteresse médiévale qu'il m'a entraînée vers la nurserie. Pourquoi la nurserie ? Des siècles d'histoire, de Guillaume le Conquérant à sa propre mère, l'écrasaient-ils ?

Nous sommes donc descendus dans cette pièce réservée aux enfants, la nurserie, peut-être celle où Charles se sent le plus à l'aise, loin de tous les monarques qui hantent le château. Tout est surprenant ici, la hauteur des murs couleur amande, les inombrables étagères couvertes de tissu aux motifs discrets.

Charles pose les mains sur mes épaules, nous sommes à une distance raisonnable. Heureuse surprise, il me dit combien je lui ai manqué pendant ses vacances en montagne. Il me propose de fixer la date de nos fiançailles.

Je ris. C'est stupide. Else rit quand elle va mal. Il y a quelque chose d'inquiétant dans son rire, dans le mien aussi.

Le visage de Charles se ferme.

– Diana, je suis sérieux.

La gamine s'esclaffe à mauvais escient, la main devant la bouche, une mèche sur les yeux. Alors, pour me secouer et me sortir de l'enfance, il me balance :

– Un jour, vous serez reine !

Charles a aimé une femme avant moi, il ne veut pas aimer une gamine.

À l'instant, je cesse d'avoir honte de ce que je ressens. Je lui dis combien je l'aime, je l'aime, je l'aime, les yeux embués, mais c'est trop d'amour, de larmes, de démonstration, je l'inonde, il n'est pas capable de me rejoindre là où je suis perchée. Nous ne sommes pas sur la même longueur d'onde.

Impassible, sans un sourire, juste un rictus, il prononce cette phrase sibylline :

– Qu'est-ce que l'amour signifie ?

Est-ce le moment de philosopher ? Je ne suis pas capable de lui répondre. Ses mots tombent comme un couperet. Je les ignore. Je veux croire que c'est par amour qu'il me propose des fiançailles.

J'ai cessé de l'appeler « Sir » ce jour-là. « Charles » ? J'ai prononcé son nom pour la première fois, là, dans la nurserie. Il a souri, j'avais donc la permission.

C'est étrange, mais je connais Charles mieux qu'il ne me connaît, j'ai passé plus de temps avec lui qu'il n'en a passé avec moi.

Il est entré dans ma vie le jour de mes huit ans, la reine le couronnait prince de Galles, je le regardais, émerveillée, à la télévision. Je l'ai déjà écrit, je me répète, je me répète parce que ce fut le déclic : il avait vingt ans, il marchait à côté de sa mère, main dans la main, couronne sur la tête, cape d'hermine sur les épaules. Je suis tombée amoureuse de lui ce jour-là. Pas seulement à cause de l'hermine et des diamants, il y avait chez lui, malgré la panoplie, malgré sa mère qui le couronnait, quelque chose de mélancolique qui me ressemblait.

Charles, et si nous nous consolions ensemble ? Si notre amour, loin de nous asservir, nous libérait ? Si notre complicité dépassait le système et que nous nous aimions ? Si ta rébellion ne consistait pas à me délaisser mais à accepter d'être heureux ? Charles, tu serais plus fort qu'eux. Ils n'obtiendront pas ton échec personnel. On peut gagner, cela dépend de toi.

Charles, essayons, malgré le mariage arrangé, malgré la blonde qu'il faut laisser, essayons. La reine Victoria et son cousin germain, Albert de Saxe-Cobourg-Gotha, y sont parvenus, jusqu'à la disparition du prince, vingt et une années après leur mariage.

Je me suis blottie dans ses bras, j'ai pleuré sans qu'il me voie, j'avais le nez collé au creux de son épaule, j'ai aimé le respirer, son parfum m'emplissait d'un émoi nouveau, mon corps avait déjà besoin de lui, de sa main proche de mes seins, de ses caresses.

L'agenda était serré, Charles devait partir le lendemain s'acquitter de ses obligations officielles au pays de Galles, puis s'embarquer pour l'Inde et le Népal. Il reviendrait le 23 février, la veille des fiançailles fixées au 24.

L'enthousiasme de ma grand-mère diminuait à mesure que la date des fiançailles approchait. Elle avait pourtant œuvré pour en arriver là. Inexplicablement, mon mariage avec Charles l'inquiétait soudain.

Elle commença par m'appeler « ma chérie », avec un air de compassion qui lui allait mal, puis elle posa ses mains sur les miennes – un geste dont elle n'était pas du tout coutumière –, avant de me mettre en garde :

– Il va falloir que tu t'habitues à leur humour, à leur mode de vie, qui ne sont pas les mêmes que les nôtres.

Ces mots devaient lui coûter. Tout dans son attitude copiait son idole, la reine mère : sa façon de croiser les jambes, ses intonations, jusqu'aux couleurs qu'elle portait. Elle était à la hauteur de la famille royale, mais moi ?

C'était le genre de ma grand-mère d'appuyer là où

cela pouvait faire mal. Seule comptait sa dévotion à la reine mère, l'unique personne qu'elle ait aimée dans sa vie, et si elle tremblait à présent, ce n'était pas pour moi, mais par crainte de la décevoir une seconde fois.

Charles m'attend à Clarence House pour un dernier adieu avant son départ. Depuis la date fixée de nos fiançailles, j'ai droit à une limousine avec chauffeur et gardes du corps. Il m'est interdit de traverser à pied Saint James's Park, de conduire mon Austin, d'ouvrir ou de fermer une portière, ma vie d'assistée commence.

J'arrive dans le bureau de Charles d'un pas assuré, le sourire de la future fiancée aux lèvres. Il se lève, les fiancés s'embrassent, se regardent, incrédules mais souriants... Il me caresse la joue et me dit que je suis fraîche comme une rose. Je murmure qu'il va *beaucoup, beaucoup* me manquer, je regrette aussitôt cette répétition inutile.

Il dit tout de même :

– Vous serez ma princesse de Galles.

Il s'apprête à m'embrasser une fois encore, quand sa ligne directe, cette ligne très privée dont je viens juste d'obtenir le numéro, se met à sonner. J'ai voulu le retenir, il a hésité à répondre, mais il a fini par décrocher, presque agacé, puis gêné. Il se détache de notre étreinte, couvre le combiné avec la paume de sa main, m'adresse un signe embarrassé et dit à son interlocuteur : « Je te rappelle dans un instant. » L'interlocuteur est une interlocutrice, de loin résonnent ses intonations. C'est Madame C., forcément, elle se fiche qu'il soit occupé, elle continue à parler et il n'ose pas raccrocher.

Madame C. écourte le peu de temps dont nous disposons avant le départ de Charles. Que faire ? Rester, forcée d'écouter la conversation entre mon futur fiancé et son ancienne maîtresse ? Je n'ai pas envie de connaître le son de sa voix quand il s'adresse à elle. Sortir ? Et s'il raccroche dans une minute ? Je regarde Charles, lui ne me voit plus, ne me donne aucune indication, il est tout à sa conversation. Il m'a oubliée.

Je devrais disparaître, marquer mon mécontentement, comment Charles peut-il ainsi prolonger sa conversation devant moi ? Que faire ? Je reste assise en face de lui pendant que Camilla empêche nos tendres adieux.

Les genoux de Charles s'agitent sous la table, il n'ose pas lui dire que sa fiancée est en face de lui. Je me lève, je reste un moment debout, comme une potiche, il ne réagit pas, elle parle, elle parle… Ma présence les dérange. Charles me jette un rapide coup d'œil. Je ne sais pas quoi faire, partir et passer pour une impatiente ou rester et passer pour une indiscrète ? Ma situation est inconfortable et lui est mal élevé. À mesure que le temps s'écoule, le message de Charles prend tout son sens : Madame C. passe avant toi.

Alors je quitte le bureau sur la pointe des pieds, Charles ne me retient pas. Mon départ l'arrange. Je referme la porte et je vais chercher un manteau pour l'accompagner à l'aéroport. J'ouvre le frigidaire, avale le reste du cheese-cake et quelques cacahuètes. Je suis boulimique. Il y a « boule » dans ce mot affreux. Petite, on disait de moi que j'étais « boulotte », c'était cruel.

Ma sœur Jane me traitait de « gloutonne », c'était pire encore.

Je boude sur le tarmac, Charles ne s'excuse pas. Il m'abandonne à mes interrogations. J'aurais dû quitter plus tôt son bureau. Les photos des adieux paraissent dans tous les journaux, je suis éplorée dans mon manteau rouge. C'est la voix de Camilla que Charles emporte avec lui.

Charles rentre de son voyage windsorien le 23 février 1981, la presse annonce nos fiançailles avant qu'il atterrisse.

Je suis passée à Colehene Court prendre mon tailleur bleu, j'ai gardé la clef, alors que je n'y reviendrai plus jamais. La voix d'Elton John résonne dans l'appartement, il y a quelques mois à peine, Sarah, Carolyn et moi chantions à Central Park avec quatre cent mille personnes « Imagine », qu'Elton John avait pour un concert emprunté à son ami John Lennon.

Nos embrassades ressemblent à des adieux : « *Livin' life in peace* – vivre en paix », le chemin que j'ai choisi ne m'y mène pas vraiment.

– Duch, allons en boîte de nuit enterrer ta vie de jeune fille, bientôt tu ne danseras que des slows avec des vieux présidents dans des palais et des ambassades !

J'ai dix-neuf ans et je n'irai plus jamais dans une discothèque.

Je suis venue chercher mes collants blancs et mes ballerines vernies.

Sarah : Mais, Duch, tu vas avoir l'air d'un pudding anglais…

Carolyn : De toute façon, quoi que tu portes, les jeunes filles anglaises t'imiteront.

Sarah : Et les hommes tomberont amoureux de toi, à partir de demain tu vas séduire tous les Anglais !

Carolyn : Et si on t'offrait une robe noire décolletée sexy pour ta prochaine sortie ?

Moi : Je ne suis pas Marilyn Monroe !

Sarah : Pas encore, mais tu vas le devenir !

J'ai choisi un saphir de Ceylan de 18 carats de forme ovale entouré de 14 diamants ronds.

Une bague « chère », selon Charles. Malgré la magnificence qui l'entoure, mon futur mari a gardé un certain sens des valeurs.

Le voyage de Charles et la séparation nous ont éloignés, et pas seulement physiquement. On s'est regardés comme si on se découvrait. Qu'y avait-il de changé ? Il avait maigri, ses traits s'étaient creusés. Ces semaines loin de moi ont freiné son élan, le mien aussi, il m'intimide maintenant, comme aux premiers jours.

Pourtant, on va se fiancer. Le calendrier est fixé, sa conversation avec Madame C. n'y change rien. Les blessures s'additionnent, celle de leur conversation s'ajoute à l'histoire du train. Ma mémoire retient les chocs et je cicatrise mal.

Nous nous fiancerons sans effusions, moi fâchée, lui inaccessible. L'enthousiasme sera extérieur : trente-cinq mille personnes et un milliard de téléspectateurs vont nous regarder.

Charles m'attend en parfait fiancé : costume gris, pochette blanche, armes au petit doigt. Seul son parfum, épicé et boisé, laisse deviner le futur amant.

Moi, j'ai l'air d'une hôtesse de l'air dans ce tailleur bleu, il est trop tard pour en changer. Le photographe agréé par le palais nous place sur les marches, nous nous laissons guider, les marionnettes affrontent leur première apparition officielle.

La reine est en rouge, des rubis aux doigts et au cou, quand elle sera en vert, elle choisira des émeraudes. Je porte un saphir d'un bleu différent de mon tailleur. Je suis une assistante maternelle éblouie par les flashs. Charles baisse la tête lui aussi ; on se regarde du coin de l'œil, épaule contre épaule, deux glorieuses victimes du système, enlacées parce que le photographe officiel le demande.

« Sir ? »

Le photographe est prêt. La journée va être longue. Je penche la tête vers Charles, pourquoi pas ? Mais je la penche trop, c'est ridicule ; j'ai perdu les commandes de moi-même. Mon bateau vacille.

Charles est à ma droite, mon corps bascule vers lui. Nous sommes debout sous les flashs pour la postérité. Je cligne des yeux, nous semblons offerts à l'extérieur. Charles m'attrape la main.

Le photographe nous demande de changer de position, cette fois, Charles doit se placer derrière moi, les mains sur mes épaules. Je penche la tête, beaucoup trop, mon oreille le frôle.

Nous sommes deux tourtereaux dans une cage dorée, unis pour procréer.

Cette exposition a quelque chose d'obscène. À part la gêne, je ne ressens rien. Nous sommes en équilibre sur les marches de Buckingham, je veille à ne pas tomber, à sourire encore, mais pas trop, avec les yeux seulement, à éviter de me voûter, à plier légèrement les genoux pour être à la même hauteur que Charles.

Carolyn dit que toutes les jeunes filles d'Angleterre aimeraient être à ma place ; ce rêve de midinette n'est pas un motif de réjouissance pour moi. La peur m'envahit, le bonheur sur les marches du palais est parasité par tant d'inquiétudes. Je prends des risques, ce mariage est au-dessus de mes moyens, je ne suis pas à la hauteur de Charles, de sa famille, du monde entier, j'ai dix-neuf ans.

Mais si Charles m'aime, je relèverai tous les défis.

Sommes-nous amoureux ?

Une autre épreuve nous attend : l'interview. Mon regard se détourne, je tente de m'échapper, c'est flagrant. Et lui, Charles, où est-il ? Nous sommes en mission commandée, pour que perdure la royauté.

Une pensée absurde me traverse : vaut-il mieux être princesse à Buckingham ou assistante maternelle à Pimlico ? Le monde est tissé d'erreurs commises par le désir des autres. Me suis-je trompée de désir ? J'étais plus heureuse à Pimlico qu'à Buckingham. Alors, pourquoi me retrouver là, loin de mon école ? Pour Charles. Mais Charles est inséparable de son décorum, je n'avais qu'à y penser plus tôt.

Et la question tombe :

– Êtes-vous amoureux ?

L'oie blanche s'empresse de répondre « *Of course !* » en roucoulant. Pauvre oie blanche. Elle est spontanée, elle laisse parler son cœur tendre. Elle n'a pas encore appris le cynisme, l'ambiguïté, la complexité, elle ne sait pas encore que rien n'est acquis, pas même un mari, surtout pas un mari, et qu'il est préférable de ne pas dévoiler son jeu. Qu'elle se le tienne pour dit.

Et le prince noir, qu'a-t-il répondu ?

Le prince noir a répondu :

– Cela dépend de ce que vous entendez par amoureux.

Ai-je bien entendu ? Le journaliste me lance un regard désolé. J'ai envie de pleurer.

Monsieur est un intellectuel sorti de Cambridge. Il ne répond pas à une question par oui, comme il se doit dans ce cas-là, il approfondit, lance une autre question. Fait l'intéressant, comme si c'était le moment.

« Cela dépend de ce que vous entendez par amoureux. » Odieux ! Il a tenu le même raisonnement dans la nurserie, j'aurais dû réagir à ce moment-là, lui demander ce qu'il entendait par là. Il n'aurait pas récidivé. Mais il voulait se fiancer avec moi, c'était déjà beaucoup. Son indifférence est le prix à payer, il n'allait pas s'agenouiller, un bouquet de pois de senteur à la main. Et le voilà qui recommence devant les caméras du monde entier.

Le journaliste est étonné. Je ne réagis pas.

J'ai dix-neuf ans et je suis amoureuse du prince de Galles.

J'ai dix-neuf ans et mon fiancé ne sait pas s'il m'aime. Comment le blâmer ? Il ne me connaît pas. Je l'ai vu des centaines de fois, lui m'a vue une dizaine de fois.

Le silence se prolonge. Je fronce les sourcils. J'aurais dû lui dire, dans la nurserie : « Charles, tu me blesses, choisis d'autres mots. » Il aurait été stupéfait et n'aurait pas recommencé. Mais j'étais trop intimidée pour être moi-même. Le prince ne sait pas s'il aime Diana. Maintenant, tout le monde est au courant.

L'amour viendra plus tard, le cercle des mamies s'en porte garant. Les mariages arrangés réservent des surprises. En attendant, impossible d'échapper à la vérité.

Nous jouons le rôle des tourtereaux le jour de leurs

fiançailles. Nous jouons mal. Charles dit ce qu'il pense, moi, je surjoue.

Être naturel face aux caméras, c'est un métier. Je ne connais pas ce métier. Charles a l'habitude, lui, il contrôle sa parole et c'est d'autant plus inquiétant : le mariage est une amitié, l'amour peut naître *graduellement*. « Graduellement », il a prononcé ce mot. Rien au début, un peu à la fin ?

Mes sentiments se sont emballés trop vite, ma timidité et la froideur de Charles m'empêchent de les exprimer ; entre nous, le contraste est flagrant. Alors je souris, j'existe pour les autres, pour le photographe, pour le public, pour ma grand-mère, pour leur plaire, je suis vide, il n'y a personne à l'intérieur de moi, juste de l'inquiétude. Mon fiancé ne sait pas s'il m'aime, sans doute ne veut-il pas faire de peine aux milliers d'Anglaises amoureuses de lui. Il veut continuer à leur appartenir malgré ses fiançailles. Mieux vaut ne pas chercher à qui cette phrase glaçante fait plaisir.

De nouveaux spots viennent s'ajouter à la lumière du jour, le soleil ne suffit pas à nous éclairer.

J'aimerais lui demander : « Charles, que signifie : "Cela dépend de ce que vous entendez par amoureux" ? Après tout, je suis la première intéressée… Dites-moi, que l'on mette nos pendules à la même heure ? »

Un remue-ménage sous un crâne, pour rien. Une oie blanche qui n'a jamais embrassé un autre garçon, ça se tait.

Un saphir de 18 carats bleu nuit et 14 diamants scintillant à mon doigt ne changent pas ma vie. Ni le ciel ni les diamants ne me viennent en aide.

Si seulement Charles me prenait la main et m'emmenait loin de tous ces falbalas. Mais l'heure du déjeuner de famille approche.

Appelez-moi « maman ».

Nous traversons le salon blanc et montons l'escalier de marbre pour rejoindre les parents dans le salon chinois, celui qu'on ne visite pas.

Je marche à côté de Charles, il connaît le protocole, je n'ai qu'à l'imiter, ainsi je ne commettrai aucune faute, mais je suis sur mes gardes : mes beaux-parents sont la reine d'Angleterre et le duc d'Édimbourg. Le plafond est haut, la reine semble encore plus petite. J'entame une génuflexion, qu'elle interrompt.

Je prononce quelques mots polis, mais ma voix est trop basse, je dois répéter. La reine me demande de l'appeler « maman », et le duc « papa ». « Papa, maman », cela ne va pas être facile. Papa m'a adoptée dès le premier jour. Maman l'imite, c'est le genre de mère à enterrer la victime de son fils. Sa bienveillance dépendra de ma bonne entente avec lui, je l'ai tout de suite compris.

Je suis heureuse de retrouver Edward et Andrew. On s'enlace, « Cool », me dit Edward, « Toi ici, me dit Andrew. Je n'en reviens pas… – Moi non plus », et on rit comme les enfants qui jouaient à cache-cache et au water-polo.

Charles s'approche de temps à autre : « Ça va ? » Un oui timide sort de ma bouche. Notre mariage est prévu dans cinq mois, les fiançailles sont une broutille en comparaison. Charles me présente sa nurse. Elle a passé les plus belles années de sa vie à prendre soin de lui dans l'appartement que j'occupe aujourd'hui. Elle me souhaite d'être heureuse entre ces murs, elle a attrapé le bon regard myosotis de « *Queen Mum* », les larmes en plus. Quand les travaux de nos futurs appartements seront terminés, nous rejoindrons Kensington Palace.

La date du déjeuner avec l'ancienne maîtresse de mon fiancé a fini par arriver. Camilla a choisi un restaurant à la mode. Une horde de journalistes nous attendent, forcément, quelqu'un a prévenu la presse. Sur la photo, je baisse les yeux, Camilla me regarde fixement.

C'est une personne sûre d'elle, et je suis facilement impressionnée par ce genre de femmes. D'ailleurs, pourquoi tant d'assurance ? Parce qu'elle est l'amie du prince Charles ? Moi, je suis sa fiancée, mais cela ne me procure aucun sentiment de supériorité. Notre rendez-vous va ressembler à un affrontement. On sait ces choses-là dès le premier regard.

Elle est l'ex, je suis la nouvelle. Sur le tapis vert, je remporte la partie, sauf si dans son jeu se cache la dame de cœur. Je n'aime pas l'histoire de son couple, le mari a la réputation d'être un coureur de jupons, elle d'une femme adultère. Pourquoi veut-elle déjeuner avec moi ?

Pour me donner le mode d'emploi de mon futur mari ? Quelle prétention ! À moins que ce ne soit Charles qui désire que l'ancienne maîtresse forme la nouvelle ? Une sorte de cuisinière qui, avant de partir à la retraite, transmet les recettes favorites du patron.

Ainsi j'apprends que le patron ne déjeune pas. « Le déjeuner est une perte de temps pour Charles. » Elle prononce Chaar-les, toujours en deux mots. Par contre, le matin, il prend un œuf coque trois minutes, pas une seconde de plus. Pour cela, sept œufs sont disposés en face de lui par ordre croissant de cuisson, si le numéro un est trop liquide, il passe au deux, etc. À Highgrove, il se permet un « *cheesy baked eggs* », œufs, épinards, fromage, tomates cerises, le tout cuit au four pour le brunch. J'ai bien noté…

– Vous savez que Chaar-les est écologiste ? Pour réduire son impact personnel sur l'environnement, il ne prend de la viande ou du poisson qu'une fois par semaine. Le foie gras est banni du menu de toutes les résidences royales.

Sous le regard de Camilla, j'ai l'impression d'être une proie face à un aigle. Charles a-t-il suggéré ce rendez-vous ? Ils sont amis de longue date, je sais, on ne cesse de me le répéter. Elle se soucie de ses habitudes alimentaires et m'informe de leurs passions communes : la chasse et les chevaux. D'ailleurs, ils se sont rencontrés lors d'un match de polo, avant qu'il ne s'engage dans la Royal Navy. Il avait vingt et un ans, elle, vingt-deux.

Je l'écoute et me console en mangeant mon pain, après tout c'est du passé.

Soudain, Camilla me demande si j'irai à la chasse. Je devine son inquiétude, alors je la rassure et lui cède la place. Est-ce Charles qui m'interroge à travers elle ? Ils sont deux contre moi, je me sens faible face à eux, alors j'abandonne le terrain sans discuter. Madame C. ne s'arrête pas là :

– Vous n'irez pas au polo, n'est-ce pas ?

La formule est négative, elle espère orienter ma réponse dans le sens qu'elle a choisi. Ma grand-mère méchante utilisait ce procédé à tout bout de champ, « Vous ne prendrez pas de chocolat, n'est-ce pas ? » disait-elle, quand Sarah, Jane, Charles et moi en mourions d'envie.

J'ai dix-neuf ans et je me laisse entraîner par la volonté d'une autre comme une enfant ; je ne sais pas nager en eaux troubles. La volonté de ma grand-mère comme celle de Madame C. m'emportent, je dérive. J'aimerais paraître moins influençable, je ne sais pas comment. Elle est plus forte que moi.

– Le polo n'amuse que les cavaliers, dit-elle.

J'ai dix-neuf ans, j'approuve, je ne suis pas cavalière.

– Et la chasse que les chasseurs…

J'ai dix-neuf ans et j'acquiesce, j'ai peur de Madame C. J'ai donc perdu la partie. J'ai cédé sur tout ce qu'elle me demandait.

Madame C. partage les distractions du prince, elle est la femme idéale pour lui, son désir incarné. Quelle souffrance d'imaginer qu'il est plus heureux avec elle qu'avec moi. Une montagne à gravir s'élève devant moi. Serai-je capable de relever le défi, de supporter l'omniprésence de cette « amie de la famille » ? Faut-il deux femmes pour prendre soin d'un tel homme ?

Je suis Diana l'oie blanche, deux coups de bec et je suis à terre.

J'aurais dû évoquer mon amour pour Charles, raconter les préparatifs du mariage, pourtant je n'ose pas étaler mon futur bonheur, même si elle ne m'a pas épargnée avec son bonheur passé.

Je suis rentrée de ce déjeuner à Knightsbridge vaincue et fatiguée. Madame C. l'a emporté, une victoire facile, elle a gagné des parties de chasse et de polo, mais le prince ne l'épousera pas, je vais réaliser le rêve de sa vie. Alors, comment pourrait-elle m'aimer, même si je ne suis pour rien dans leur impossible histoire ?

Sitôt rentrée, j'ai plongé dans la piscine aux carreaux bleus et blancs de Buckingham.

Un trop joli paquet.

En traversant le bureau de Michael Colborne, j'ai remarqué sur la table du secrétaire un écrin enrubanné de satin. J'aurais dû passer mon chemin, mais le paquet est si raffiné… Une intuition me traverse l'esprit, je ralentis le pas.

– Qu'est-ce que c'est ?

– Ne faites pas attention !

– Pourquoi ?

– S'il vous plaît…

– Un cadeau pour moi… ? dis-je, bien que je sois persuadée du contraire.

Colborne est catastrophé.

Ce cadeau cache un secret, j'en ai la certitude. J'aurais dû l'ignorer, rester déterminée avant tout à être heureuse. Mais ce paquet me nargue, à peine dissimulé entre des dossiers.

Alors je vais faire une chose que mon éducation réprouve, mais que le doute, la veille du mariage, autorise. Je dois en avoir le cœur net. Ce n'est pas une gamine poussée par une joyeuse impatience qui va ouvrir ce paquet, c'est une femme mue par une funeste intuition. Il y avait une incongruité dans ce joli emballage rose poudré posé sur un tas de dossiers.

Ce cadeau est sur le point d'être offert. À moi ? Peu probable, il serait sur mon lit ou dans la poche de Charles. Je dénoue le ruban de satin blanc, je déchire l'emballage, sourde aux protestations outrées de Michael Colborne. Apparaît un écrin à bijou venant de la première joaillerie de Londres, Garrard & Co.

Colborne est atterré, il me supplie, je m'en moque, j'ouvre l'écrin en cuir rouge, mon cœur s'emballe, je redoute ce que je vais y trouver. Mon geste est une folie, mais tant pis : posée sur le satin blanc, au centre d'un splendide bracelet en or, une plaque émaillée sur laquelle les lettres G et F s'entrelacent. Il ne s'agit pas de nos initiales. Ni de celles de Charles et Camilla. Colborne est au bord du malaise, moi, je persiste à vouloir découvrir ce que cache ce cadeau. Alors, j'ouvre la porte du bureau de Charles, le bras tendu, le bracelet entre le pouce et l'index, le plus loin possible de moi, comme s'il s'agissait d'une chose répugnante :

– De quoi s'agit-il ?

Charles a compris immédiatement. Il se lève, bégaye de colère :

– Que faites-vous av-ec ce-ce bra-ce-let ?

Il y a quelques jours à peine, je l'appelais *Sir*. Aujourd'hui, à la veille de notre mariage, nous jouons une scène de ménage digne d'une comédie de boulevard.

Charles, sans hésiter :

– C'est un cadeau pour Camilla.

Un poignard me déchire le cœur.

Ces mots me font mal et pourtant, d'un certain côté, fière de ma clairvoyance, je répète :

– Un cadeau pour Camilla... Je n'aurais pas ouvert ce paquet si je n'avais pas eu de doutes.

– C'est un cadeau d'adieu.

Il paraît qu'un vrai mensonge doit s'abriter derrière une vérité. La vérité est la destinataire, le mensonge serait l'adieu ?

– Et pourquoi ces initiales différentes des vôtres ?

J'exagère, j'outrepasse le rôle d'une fiancée.

Charles rend les armes :

– Parce que Fred et Gladys étaient nos noms de code.
– Un code pour une amie de la famille ?
– Ma liaison avec Camilla est terminée.

Je déteste ce rôle de furie qu'ils m'imposent. J'écris « ils », parce que je suis obligée de les considérer ensemble ; Charles ne peut faire un tel cadeau qu'à une personne susceptible de le recevoir. Comment est-ce possible, la veille de notre mariage ? Que se passe-t-il ? Madame C. est partout, pour elle le bracelet, pour moi la suspicion, ce poison que l'on m'oblige à ingurgiter une fois encore et qui me transforme en harpie.

– Je souhaite que Madame Parker Bowles ne soit pas présente le jour de la cérémonie.

Charles ne répond pas. Madame C. doit déjà être invitée.

Je lui rends le bracelet et le paquet saccagé.

Charles est blême.

J'ai pénétré en territoire interdit.

J'ai claqué si fort la porte de mon appartement que les pampilles du lustre tintent dans la pièce. Les gardes du premier étage, toujours aux aguets, doivent se demander si une dispute n'a pas déjà éclaté entre les futurs Galles. « Les Galles », c'est ainsi que l'on nous appelle ici. Demain, nous serons à l'église pour les premières répétitions. Le mariage du siècle aura lieu dans deux semaines.

Existe-t-il une échappatoire ? Je pourrais partir en courant, prendre ma voiture et quitter Londres, rejoindre les brumes et les forêts d'Althorp, ou me volatiliser quelque part à l'étranger. C'est encore possible. Mais je suis paralysée. Ma destinée dépend-elle de cette incapacité à me rebeller ?

Le bracelet m'a sauté au visage comme un serpent venimeux. J'ai vu la chaîne ondoyer sur le bureau, la belle chaîne aux maillons arrondis et ciselés sonne la fin de quelque chose qui n'a pas commencé.

Je viens d'essayer ma robe de mariée, dix mille perles et des sequins brodés sur un taffetas meringue, une œuvre d'art. Des milliers d'heures de travail et des millions dépensés pour un mariage sans amour. Triste gâchis.

J'ai le cœur brisé. Quand maman m'a quittée, elle quittait aussi mes sœurs, mon frère et mon père. Nous étions cinq à partager la douleur. Cette fois, je ne suis pas quittée, Charles sera au rendez-vous à l'église, mais son cœur sera ailleurs, et je suis seule à supporter cette douleur.

Il y a péril en la demeure, j'ai besoin de la pitié des femmes.

Mes sœurs ont accouru.

– Aidez-moi à partir, je ferai la une des journaux pendant quelque temps et on m'oubliera. La reine trouvera une autre épouse à son fils, à moins que, magnanime, elle ne lui permette d'épouser Camilla. Charles aime Madame C., j'en ai la preuve.

– C'est trop tard, Duch. Tu ne peux plus reculer, ton visage est gravé sur toutes les tasses d'Angleterre.

Mon estomac se soulève. Mon visage gravé sur des tasses… ? Je vais rater ma vie pour des mugs ?

– Je suis tombée dans un piège, Charles va me détruire… Je dois partir.

– C'est le mariage du siècle, des millions de téléspectateurs suivront la cérémonie à la cathédrale Saint-Paul. Tu peux poser un lapin à un homme, pas à huit cents millions de téléspectateurs ! N'y songe plus.

– Charles aime une autre femme, je ne le savais pas.

Allongée sur mon lit les bras en croix, j'ai l'air d'un pantin désarticulé, ma tête tombe d'un côté, mes jambes de l'autre, un pied pend hors du lit, mes souliers sont délacés… Ma respiration est bruyante, saccadée. Depuis le début, Madame C. gâche mes plus beaux moments avec Charles, à moins que ce ne soit Charles qui les gâche. Les doutes se multiplient : quand Charles est rentré de Klosters, il a disparu deux jours, où était-il ?

Je vais devoir me montrer au *monde entier,* selon l'expression de mon garde du corps. Le *monde entier* est un concept que je ne connais pas.

Les parents d'Else, ruinés, l'envoient quémander de l'argent à un vieil obsédé… Il lui faut accepter et surmonter cette honte.

Normalement, il n'y a rien de honteux à épouser un prince de Galles, sauf si ce prince ne vous aime pas. La honte me rapproche d'Else, même si elle est d'une nature différente.

Rater ma vie à cause d'affreuses tasses à thé, c'est comique, combien de jeunes filles en seraient flattées. Si elles savaient ! Cette vie rêvée est une tapisserie posée sur un mur suintant. Mais qui refuse un destin de future reine, les honneurs d'une nation ? Je devrais trouver là un peu de satisfaction, moi qui ai échoué à tous mes examens. Mon ego devrait y puiser sa revanche.

Dans trois jours je serai une Barbie habillée en mariée. Une marionnette. J'ai du mal à m'y faire, je vais être acclamée par des millions d'inconnus, acclamée par mes sœurs incrédules, mes parents enthousiastes et une grand-mère méchante. C'est au milieu de ce monde que je déambulerai, sourire aux lèvres, au bras d'un prince qui ne m'aime pas.

Je réfléchis : « Personne ne soupçonne quoi que ce soit. En plus, je suis blonde... » Être blonde, c'est être née avec du soleil et de l'or dans les cheveux, c'est la couleur des femmes légères et joyeuses. Marilyn a blondi ses cheveux bruns pour adhérer à cette image, mais le noir l'a rattrapée. Pas moi, le noir ne me rattrapera pas, puisque je suis vraiment blonde.

Si je me sauvais, ce serait un finale grandiose, comme dans un film ! *Le Lauréat !* Je serais Katharine Ross, pas question de m'opposer un « trop tard », pas à Diana Spencer. Diana héroïne enverrait au diable les tasses à thé et se libérerait avant d'être prisonnière.

À mon arrivée sur les marches de la cathédrale, je soulèverais ma robe de mariée et je me mettrais à courir malgré mes talons, je sauterais dans le premier bus et, de la vitre arrière, je saluerais la famille et les VIP du monde entier. *Mrs Robinson* retentirait dans toutes les rues et Dustin Hoffman m'attendrait dans l'autobus. Si seulement j'en étais capable... et si Dustin était là.

Ma famille serait bannie. Pas ruinée comme le père d'Else, mais l'infamie s'abattrait sur le huitième comte Spencer et tous ses descendants.

Else ne se sauve pas, elle affronte. À mon tour je vais devoir affronter. Je ne peux pas reculer devant la cérémonie et humilier ma famille. En temps normal, Saint-Paul est réservée aux funérailles, mais l'abbaye de Westminster n'est pas assez grande pour accueillir *le monde entier*. Les superstitieux se poseront des questions.

Else se demande : « Mais Else ! Else ! Pour qui te prends-tu ? » Et moi : « Diana, pour qui tu te prends ? » Eh bien, je ne me prends pas, c'est ça le problème. J'épouse le futur roi, je suis blonde, et pas une blonde décolorée comme Madame C., je ne me prends pour personne, ni pour Marilyn, ni pour une héroïne de cinéma, juste pour Mademoiselle Spencer, aide maternelle au chômage. Et pourtant, comme j'aurai une couronne sur la tête, personne ne croira à mon mal-être.

La reine mère m'a fait entrevoir une vérité : j'appartiens maintenant à une famille, elle n'a pas dit à un homme, c'est bien une famille qui m'a choisie. Demain, j'épouse une famille.

Et si épouser un homme en sachant qu'il en aime une autre n'était pas le fait d'une oie blanche, mais d'une calculatrice, d'une carriériste, d'un Machiavel en jupons ?

Encore faudrait-il avoir le détachement nécessaire. Quel défi, en arriver là, à la veille d'un mariage ! Toute seule, je me mets à rire comme Else « Ha, ha ! ». Le rire amer des vaincus résonne dans la chambre.

Je suis une victime consentante ! Victime de ma propre faiblesse, de ma propre ambition, personne ne pleurera sur mon sort, pas même Sarah qui m'a avertie. Je me jette « dans la gueule du loup ».

Une princesse qui pleure n'est pas crédible.

Si Charles persiste à fréquenter Madame C., j'aurai des amants, je les collectionnerai, ils seront tous beaux, attentionnés avec moi, ils m'appelleront, m'écriront et je les adorerai, bientôt princesse de Galles, ce sera facile d'avoir du succès.

Je m'habillerai chez les couturiers les plus chers, je commanderai des bracelets chez Garrard & Co, beaucoup plus beaux que celui de Madame C… Je deviendrai la meilleure cliente de cette joaillerie, je ferai dépenser des millions à la famille, je cacherai ma douleur en dansant avec des stars, et pourquoi pas avec Travolta. Je reprendrai mes cours de claquettes, je ferai des pointes, des entrechats sur la musique du *Lac des cygnes*, ces exercices qui permettent de « relâcher la tension dans la tête », selon Else. Je parcourrai le monde dans l'Embraer Legacy 600, leur avion privé, j'irai à la Scala à Milan, au festival de Salzbourg, au Ballet de New York, je promènerai mon corps devenu gracile dans toutes les galeries d'art, tous les cocktails où je serai invitée.

Personne ne m'a encore embrassée à part le prince de Galles. Charles devra tout m'apprendre.

Le mariage sera notre treizième rendez-vous, et nous avons treize années de différence. Que le chiffre 13 soit bon ou mauvais, je m'interdis d'être superstitieuse ! Je pense à Else, Else est tiraillée entre l'amour filial et le refus de se soumettre. Moi je suis tiraillée entre le devoir d'État et la difficulté à me soumettre. Mais, en refusant de céder, je ne sauve personne, que moi, et moi, je ne suis rien. Else, elle, sauve son père.

Pour obtenir de l'argent, elle doit se déshabiller devant un vieil antiquaire : Dorsday. Il suffit qu'elle soulève ses jupes un quart d'heure pour sauver son père de la faillite. « Pas tant de manières, Mademoiselle Else, cessez donc de faire du genre ! »

Charles n'a pas envie que je me déshabille devant lui, il aime une autre femme. Moi je voulais être aimée du prince, je voulais qu'il désire mon corps : quelle orgueilleuse !

Je n'aurai pas comme Else à subir le regard d'un Dorsday, c'est Charles qui me déshabillera, il est obligé, c'est dans le contrat. « La noble jeune fille s'est vendue afin de sauver son père adoré », et moi, je vais me donner pour offrir une descendance à la monarchie.

Est-ce plus noble ?

Diana Spencer veut être aimée, drôle d'idée, elle n'a rien compris, elle est prétentieuse, elle est « idiote », dirait Madame C., c'est une « souris »... Tout se sait. La rumeur court déjà dans les salons. Les plus aimables la contredisent, ils avancent mon jeune âge. Marie-Antoinette avait quinze ans, j'en ai vingt.

La souffrance d'Else rapporte trente mille guldens à sa famille, ma souffrance auréole de gloire la mienne. Mon refus de me rendre à Saint-Paul la plongerait dans le déshonneur.

Mon front est brûlant, j'ai de la fièvre, je vais appeler Charles. Non, je ne vais pas l'appeler, nous sommes toujours fâchés à cause du bracelet, je n'ai plus besoin des conseils de Sarah, puisque je n'ai pas le choix. Je me suis levée, j'ai jeté mes souliers d'un coup de pied, j'ai tiré les rideaux de ma chambre, allumé une bougie. L'endroit est confortable, rien ne manque : baldaquin, moquette épaisse, gravures XVIIIe accrochées du sol au plafond.

De nouvelles robes sont rangées dans mon placard, un couturier a pris mes mesures, j'ai reçu une multitude de chemises de nuit en soie blanche, rose, bleu ciel, des bas – je me suis procuré des anxiolytiques au cas où mon angoisse serait trop forte et je les ai cachés dessous. Ma salle de bains est grande comme un salon, il y a même un fauteuil, si jamais Charles venait me faire la conversation pendant que je suis dans mon bain. J'ai perdu du poids, ce qui me va bien.

Dans moins d'une heure, nous devons partir pour l'Opéra, que dire à Charles ? Lui demander s'il a lui-même déposé le bracelet chez Madame C. ou s'il a chargé son chauffeur de le faire ? À moins qu'il n'ait remis « la chose » en mains propres, après un langoureux déjeuner ? Madame C. est malheureuse, il faut la consoler, son grand amour va se marier. Je ne vais pas pleurer, mais je la comprends. Un bracelet ne remplace pas une demande en mariage, leurs initiales gravées dans l'or non plus. Le faste, c'est pour Charles et moi, le bracelet n'est qu'une petite compensation. Mais ce n'est pas mon rôle de consoler Camilla.

Je devrais ? Elle tient l'avenir de notre couple entre ses mains, selon qu'elle accepte ou pas de laisser une chance à notre mariage en s'effaçant de nos vies. La lutte est inégale. « Une petite souris » ne peut rien contre une femme. J'espère ne pas la croiser, son bracelet au poignet, ce soir à l'Opéra.

J'ai envie d'avaler ma boîte de Xanax mais Charles m'attend. Dans un instant il sera furieux, j'ai choisi la robe la plus sexy que je possède, la robe noire que Carolyn et Sarah m'ont offerte en me recommandant de ne pas la porter à Buckingham. J'ai maquillé ma bouche en fuchsia et mes pommettes en rose pâle. Charles aura l'impression de sortir avec une autre femme, d'un autre genre, une femme aux épaules nues et à la poitrine généreuse. Cette seconde prétendante aura peut-être plus de chance que la première. J'écarte les rideaux de ma chambre, la nuit me regarde.

Charles ne m'a pas reconnue. Je repasse devant lui, l'air de dire : « Voyez, je suis en forme, je ne pleure pas, pas une larme, l'histoire du bracelet, une broutille ! »

Charles écarquille les yeux.

– Comment êtes-vous habillée ? En noir ? La famille royale ne porte du noir que pour les deuils !

Justement, il s'agit bien de cela, je suis en deuil de tant de choses le concernant.

– Pardonnez-moi, mais je n'appartiens pas encore à la famille royale…

Charles demeure interdit, ma tenue est déplacée.

– C'est une faute de goût, assène-t-il.

Je me suis excusée, et les larmes ont vite envahi mes yeux. La soirée commence mal. Charles, bon prince, finit par reconnaître que la robe me va bien mais qu'à partir de maintenant, je ne devrai plus la porter.

L'ancienne baby-sitter rougit au moindre compliment, mes joues rondes s'allument. Comment lutter contre la jeunesse pour séduire un homme qui préfère les femmes mûres ?

Je me suis couchée dans la chambre qu'on m'a attribuée côté rue. Les bruits des klaxons résonnent entre les murs. Épuisée, je suis parvenue à m'endormir. Mais j'ai fait un cauchemar, je tombais sur Charles et Madame C. lors d'une fête à laquelle je n'avais pas été conviée, ils se parlaient à l'oreille.

J'ai vu mon malheur de vivre sans amour, je me suis vue mourir de solitude, je me suis vue jouer un rôle qui n'était pas le mien. Je me suis vue cherchant un homme qui m'aime, cherchant la mort vite, en bateau, en voiture. J'ai vu le malheur dans un rêve et je l'ai accepté parce que ma vie sur scène avait commencé, que la salle était pleine et que je ne pouvais pas interrompre le spectacle, j'ai accepté mon malheur parce que mon visage était imprimé sur des mugs.

J'ai dit oui aux convenances, oui à l'hypocrisie, oui au faste, oui à la gloire, oui à la royauté, oui à l'Angleterre, oui aux mariages arrangés.

Je me suis réveillée en nage.

Demain, Charles et moi, main dans la main, serons devant l'autel de la cathédrale Saint-Paul.

Charles m'a envoyé une chevalière gravée aux armes du prince de Galles. Le cadeau était accompagné d'un mot : « Je suis tellement fier de vous, je vous attendrai à l'autel demain. Regardez-les simplement dans les yeux et mettez-les KO. » KO, drôle d'expression sous la plume du prince, mais après tout, sympathique, l'humour cache peut-être un peu d'amour.

Jane est restée dormir avec moi à Clarence House, maman était tellement nerveuse qu'il valait mieux l'éloigner. Depuis mes fiançailles, elle prend du Valium, pleure et répète qu'elle ne sait pas gérer toute cette pression.

On m'a changée de chambre pour me mettre à l'abri du bruit et des milliers de personnes qui campent sur le Mall dans l'espoir de m'apercevoir. J'étais malade, j'avais trop mangé. À six heures du matin, je me suis levée.

Le lendemain, le mercredi 29 juillet 1981, à la une du journal : « Aujourd'hui, à la cathédrale Saint-Paul, le mariage du siècle. »

Une photo immense de Charles et moi enlacés, apparemment amoureux, illustre l'article, voilà ce que je découvre sur le plateau de mon petit déjeuner. Nos destins sont liés. Charles veillera-t-il sur moi comme le prince charmant sur Cendrillon ? Il était une fois Diana Spencer, fille du huitième comte Spencer, et le prince d'Angleterre à l'arbre généalogique interminable… ils se marièrent, la suite est bien connue…

Encore un mot de Charles : « Le monde entier sera amoureux de vous. »

Je suis anesthésiée, le plus beau jour de ma vie selon les magazines. Je ne le vivrai pas vraiment. Qui peut subir un tel événement d'un bout à l'autre en étant soi-même, un événement si monstrueux, sans que l'esprit, aussi effrayé que saturé, se protège et s'insensibilise ? C'est trop d'émotions pour une personne normalement disposée à la joie, à l'émerveillement, à l'espoir. Le sourire se fige, les émotions glissent ou débordent. Des larmes s'écoulent dans le meilleur des cas. Sinon, elles gèlent à l'intérieur de soi. J'avais quatorze ans, Fergie quinze, quand nous nous sommes rencontrées, c'est moi et à sa demande qui lui ai présenté le prince Andrew. Elle a la plus grande capacité à la joie que je connaisse. Bientôt, ce sera son tour de se marier et elle explosera de bonheur. Elle saura. Alors que moi, je me demande : qu'est-ce que je fais là ?

Je déguste dans mon lit mes derniers scones de femme libre. La fenêtre est ouverte, nous sommes en été, un beau jour de juillet, des oiseaux chantent devant ma fenêtre, les perruches vertes sont venues me saluer, l'une d'elles pousse un cri, me signale-t-elle un danger ? Les animaux de la forêt avertissent les sept nains de l'arrivée de la sorcière, Blanche-Neige est seule... Seule, j'aimerais me rendormir pour qu'on m'oublie, si seulement je pouvais voler, je partirais avec les perruches, je saluerais le monde d'en haut en chemise de nuit, un petit tour pour tenter de m'évader.

Les coiffeurs, maquilleurs, couturiers me rattraperaient, armés de ciseaux et de fers à friser. Ils vont bientôt débarquer, je serai coiffée d'une lourde couronne, je traînerai huit mètres soixante de tissu brodé, prisonnière d'un filet de dentelle, capturée devant huit cent cinquante millions de téléspectateurs.

Je suis calme, d'un calme mortel. Est-ce le même trac que celui de Marilyn avant une audition ? J'ai dû répéter moi aussi, comme une actrice, j'ai dû jouer avec mon corps, mesurer mes pas, apprendre... Mais les phrases que je vais prononcer ne sortiront pas de mon cœur, celles de Charles non plus.

La femme de chambre me fait couler un bain relaxant. Kevin Shanley, mon coiffeur, attend dans le salon avec David et Elizabeth Emanuel, les stylistes. Ma robe est la plus monumentale robe de mariée jamais imaginée... et c'est moi qui dois porter cette montagne.

Autour de moi tout est démesuré, écrasant : les châteaux, la déférence que suscite la famille, leurs amis, des rois, des reines et des présidents du monde entier avec leur armée de gardes du corps, leurs cuisiniers et leurs chauffeurs. Rien n'est à ma dimension. Ni les 775 pièces de Buckingham, ni ma traîne. Combien de kilomètres de taffetas pour ma robe ? Combien de kilos de perles à broder ? Combien de répétitions ont été nécessaires ? L'impression de passer un examen ne me quitte pas, la démesure m'engloutit.

Mon futur mari est hors norme.

Le carrosse en verre a quitté le palais de la reine mère en direction de Clarence House.

Mon père a été souffrant, sortir de son lit a été difficile, mais comment rater le mariage de sa fille avec le prince de Galles ? À 11 h 20 précises, la voiture doit s'immobiliser devant la cathédrale Saint-Paul. La main de mon père enserre la mienne. Elle ne suffit pas à me rassurer. Une couronne et un voile sur mes cheveux, je tiens un bouquet de lys, de glaïeuls, de roses et d'orchidées en cascade. La légende royale me veut heureuse.

Je me suis extirpée du carrosse, non sans aide à cause de la robe monumentale, du bouquet trop lourd et de la traîne. À petits pas, au bras de mon père j'ai traversé la cathédrale, malgré le voile de dentelle irlandaise qui me couvre le visage, je peux voir au loin, derrière ma grille brodée, Charles en grande tenue de capitaine de vaisseau, debout près de l'hôtel, les yeux rivés sur moi.

J'avance lentement vers ma destinée, mon père malade et ma traîne, la plus longue que l'on ait jamais portée dans la famille royale, m'empêchent d'accélérer le pas. Je traverse un parterre de têtes couronnées, de chefs d'État, de familles régnantes, d'hommes en habit et de femmes en capeline, trois mille cinq cents invités qui retiennent leur souffle à mon passage.

Moi, je ne cherche qu'une seule personne du regard : Camilla. J'aimerais contredire mon intuition et ne pas la trouver. Mais quelque chose en moi me dit qu'elle est là, je la sens qui me regarde, elle n'est pas du genre à résister à un mariage royal, pas même celui de son ancien amant. Voilà que mon pouls s'accélère, au troisième rang, malgré mon voile, je l'ai trouvée, je distingue son visage à l'affût. J'avais pourtant demandé à Charles de ne pas l'inviter, il aurait pu lui expliquer que sa présence était indélicate en ce jour, qu'elle devait s'effacer, pour une fois ; un mariage de conte de fées, disent-ils ? Le passé guette. Madame C. a le menton levé. Malgré le monde, les émotions, le poids de la couronne, malgré ma main dans celle de mon père, malgré l'autel, l'archevêque de Canterbury, malgré Charles en grande tenue, je la vois, elle. Son image griffe mes yeux et me fait mal.

Un pressentiment me traverse : à ce moment précis, *je le sais, mais je ne peux rien faire*, je sais que Charles n'écoutera qu'elle, pas moi. La preuve, sa présence aujourd'hui. Elle ne le lâchera pas, je le sais.

L'archevêque me sourit, mon père me serre la main, il va me laisser, m'abandonner à Charles. Je passe des Spencer aux Windsor, de mon père à mon mari. Charles est pensif, je vais lui être livrée, à lui et à sa famille, à son histoire, à son quotidien, à son corps, à son destin. Je suis une promesse et un piège à la fois, il faudra réussir quelque chose ensemble. Comment ne pas être inquiète ?

Charles oublie de m'embrasser à l'église. Nous avons raté la scène, nous serons tout de même mariés pour le meilleur et pour le pire.

Les cloches de Saint-Paul et celles de toutes les églises de la capitale carillonnent, les applaudissements résonnent, nous sommes mari et femme. Le balcon du palais de Buckingham est drapé d'étoffes pourpres bordées de franges d'or, j'ai salué la foule d'un geste de la main, c'est facile, le plus dur est passé, Charles embrasse cette main, puis mes lèvres.

L'image est parfaite.

Voici de quoi les contes de fées sont faits.

Fin des festivités, à Buckingham pour nous changer, puis direction la gare de Waterloo. Le train royal nous attend. Cette fois, la blonde, c'est moi. Barbie jusqu'au bout des ongles, on m'a habillée d'un tailleur et d'un bibi roses. Charles porte un costume gris. Clameurs, confettis et ballons multicolores, la foule accompagne les *just married.*

J'étais prête à parier que Charles avait aimé sa journée. Je ne me suis pas trompée, il trouve qu'elle a passé beaucoup trop vite et il est touché par l'intérêt que nous porte le peuple britannique.

– Et toi ? me demande-t-il.

C'est la question que je redoutais. Je ne veux pas

le décevoir, mais je lui avoue que je suis soulagée, j'ai l'impression d'avoir escaladé une montagne.

Il m'a emmenée à Broadlands, dans la maison de son oncle Mountbatten, où sa mère et son père ont passé leur première nuit. Il m'a ouvert la porte, m'a laissée passer en souriant.

Les gardes du corps sont restés à l'extérieur. Nous sommes seuls dans la maison aux stores vénitiens baissés ; nous nous asseyons dans le salon, pas de bla-bla sentimental, pas de champagne, nous sommes déjà ivres, juste une sensation étrange en guise de cocktail. J'ai pris une douche après avoir ôté ma robe de mariée, talqué mon corps avec une poudre à la rose, mes ongles sont vernis couleur peau d'ange, glamour mais pas voyant. Je porte une frange un peu trop volumineuse à mon goût, ce n'est pas moi qui l'ai décidé, une question d'épingles et de diadème à maintenir, je n'ai rien dit, bien sûr. J'ai vingt ans, une frange blonde et un tailleur rose, des jarretières et des talons aiguilles. Charles a trente-deux ans, il me regarde. Le salon est une étape avant la chambre.

Champagne, tout de même ? Je suis déjà dans un manège. Il insiste.

Le sentiment de peur qui me traverse n'a rien à voir avec la peur de la cérémonie. C'est la peur d'une pucelle qui va se donner à l'homme qu'elle a épousé.

Après avoir vu tant de monde, notre tête-à-tête est encore plus intimidant. Oui, je tremble.

Sa voix :

– T'ai-je dit que tu es magnifique ?

Charles baisse les lumières, mon cœur est un oiseau prisonnier de ma poitrine, mais j'ai moins peur dans la pénombre. Lorsque nous étions sur le balcon, Charles, regardant la foule, m'a dit :

– Ils veulent que l'on s'embrasse. Qu'en penses-tu ?

Moi :

– Pourquoi pas ?

Ce soir, la foule n'est pas là pour nous encourager. Nous sommes dans la maison vide de son oncle, nous sommes là vingt-quatre heures – pour cela.

Pourquoi pas ce soir ?

Nos regards sont pleins des secrets de la nuit.

Nous sommes accoudés à la proue du *Britannia*, mes cheveux dansent dans le vent, sur le quai des gens nous acclament. Appuyée contre Charles, je leur adresse un signe. Nos ombres détachées du paysage ne forment qu'une seule personne. Je veux croire en ce halo de lumière autour de nous, je veux croire en l'avenir.

Les badauds me lancent des fleurs, déposent des cadeaux au bas de l'échelle. Passe une jolie fille en corsage jaune paille, jupe ample, espadrilles, je prends conscience de mon manque de style.

Charles murmure à mon oreille :

– Vous ne vous êtes pas rendu compte que les deux garçons debout dans la barque vous regardent.

Charles serait-il jaloux ? Un rêve…

– Si je leur disais que nue vous êtes encore plus belle ? Le voulez-vous ?

Les souvenirs de la nuit m'intimident plus que lui.

Charles dépose un baiser sur mon front. Il m'aime ? Me l'a-t-il dit cette nuit ? Oui, je crois bien, entre deux souffles.

Des applaudissements retentissent sur le quai et sur le pont : « Vive les jeunes mariés ! » Je regarde Charles, il est mon amant, maintenant. Il y a tant d'audace, de pudeur dépassée dans cette seule pensée, je connais le corps de cet homme, je connais la douceur de sa peau, je l'ai caressé, embrassé, je l'ai aimé une nuit. Un vent d'éternité souffle sur nous. Le corps de Charles est chaud contre le mien et je me répète une chose banale que toutes les jeunes filles se disent après la première fois : « Je suis devenue une femme. » Je voudrais qu'il m'emmène sur une île déserte, juste lui et moi. Mais ses amis arrivent avec une bouteille de champagne : « On ne va pas pouvoir vous séparer… » Ils nous encerclent, Charles rit et se détache de moi pour les rejoindre ; d'autres distractions l'attendent, ses livres, par exemple, il a apporté une impressionnante bibliothèque, et son nécessaire de peinture.

Le capitaine s'est approché de nous pour nous offrir un petit cours de géopolitique sur Gibraltar, fier de cette possession britannique, et nous proposer une baignade avant de lever l'ancre. Je plonge comme une professionnelle, je vais leur faire une démonstration.

La vie est belle, j'ai épousé l'homme que j'aime, j'ai

encore du mal à concevoir que Charles est mon époux ! Il a proposé que nous regardions à bord le film du mariage, de « cette incroyable journée », dit-il. Tout semble si irréel, la traversée de la cathédrale, Nancy Reagan, la princesse Grace, le baiser au balcon, la nuit dans ses bras… Moi en poupée de cire, lui dans son rôle de prince et de futur roi. C'était beaucoup, j'étais submergée : les parents, les invités, les difficultés à surmonter, la nuit qui approchait et que j'appréhendais, un tsunami s'était abattu sur nous. Comment vivre toutes ces émotions en même temps ? Sur le chemin interminable jusqu'à l'autel, mes pas semblaient guidés par la voix du répétiteur… Papa a tenu le coup, maman a essuyé quelques larmes.

Quant aux parents de mon mari, ce sont des professionnels des cérémonies. Ils sont restés impassibles, je me demande quels sentiments traversent leurs automatismes.

Charles revit ces moments devant son écran, le stress en moins. Incrédule lui aussi devant le spectacle de la cérémonie. Il avait besoin de recul, trop de monde, trop d'émotions. J'ai réussi l'examen le plus dur de ma vie, je vais pouvoir souffler, danser sur le pont, plonger du bateau, être enfin auprès de Charles ! Nous retrouver tous les deux ici, sur le *Britannia*, sous le soleil de la Méditerranée, et plus tard dans notre maison de Highgrove au coin du feu, quelle chance ! Charles m'a juré fidélité devant Robert Runcie, le chef spirituel de l'Église anglicane, archevêque de Canterbury. Pourquoi ne pas le croire ? La joie me submerge. J'ai ouvert la baignade en plongeant la première du bateau. L'eau est douce, comme le temps, les invités m'ont suivie, les femmes prennent garde à leur brushing, les hommes font la bombe.

Le soir, le dîner est en « smoking et tralala », une gouvernante me dépose le programme de la croisière heure par heure. Nos rendez-vous sont à l'intérieur ou à l'extérieur selon la météo, les départs en annexe, les visites… Chaque jour sa page.

L'appartement de Charles se trouve en face du mien. Il comporte une chambre, un salon, un bureau sur lequel sont posés des livres de Carl Gustav Jung et de Laurens Van der Post, mais le prince est censé dormir dans ma suite. D'ailleurs, un peignoir d'homme et des pantoufles à sa taille sont posés près des miens. Les bains sont autorisés en dehors des heures de navigation, alors, comme nous sommes à l'arrêt quelque part en Sardaigne, je glisse dans l'eau parfumée. Un verre sera servi sur le pont arrière à dix-neuf heures quinze, le dîner à vingt heures au premier étage.

Mes cheveux sont à peine séchés et dessinent des boucles naturelles, quand Charles frappe à ma porte. L'heure du verre a sonné, je me jette dans ses bras. Après une rapide étreinte, il m'éloigne.

– Laissez-moi voir comment vous êtes. Vous avez l'air d'un bonbon !

Je ris, j'adore avoir l'air d'un bonbon, même si je ne sais pas si c'est souhaitable ou pas. J'ai mis une robe rose à volants et au décolleté bateau. Mes boucles d'oreilles sont en rubis, un cadeau de mariage d'Anne, la sœur de Charles. Il pose ses mains autour de ma taille et, prudent, me demande si je porte du rouge à lèvres. Non, alors il m'enlace, m'embrasse, j'aperçois son alliance et je n'en reviens pas, nous sommes mariés ! Je ne me lasse pas de l'observer dans ses vestes parfaitement coupées, ses chemises amidonnées avec soin. Ce soir, il porte des boutons de manchette en or incrustés de deux C, est-ce le logo de la maison Chanel ?

– Chanel habille aussi les hommes ?

Charles a l'air surpris, puis gêné, pourquoi gêné ?

Je m'éloigne de lui. Il n'a pas besoin de regarder ses poignets, il sait à quoi je fais allusion. Cette fois, ce n'est pas les F et G de Fred et Gladys, mais les C de Charles et Camilla. Ai-je raison ? Mais quelle idée je me fais encore ? Pourquoi pas Chanel ? Je suis devenue soupçonneuse comme une femme déjà trahie. Justement, c'est bien la question. Certains hommes pris en flagrant délit continuent de nier et se perdent dans leurs mensonges. Pas Charles, il ne se débat pas, il a l'aveu facile, il cherche juste à gagner du temps, en espérant que je ne comprendrai pas.

Mais j'ai déjoué la rouerie, ayant déjà acquis, grâce à lui, un peu d'expérience. C'est malin de la part de Camilla d'entrecroiser les C façon Coco Chanel… L'infidélité rend ingénieux, mais la dupée développe vite des qualités de détective. Charles ne s'attendait pas à tant de perspicacité de ma part.

– Comment est-ce possible ? Vous offrez à Camilla un

bracelet et, comme si cela ne suffisait pas, vous portez pendant notre voyage de noces son cadeau ?

– Où est le mal ? C'est le cadeau d'une amie.

Je le plains de me devoir une explication. Ses paroles ne sont rien, du vent, tandis que moi et mon petit souffle, on lutte contre ce vent malin :

– Charles, vous devez être honnête avec moi !

Honnête ! Je lui arrache un sourire moqueur… Pourquoi ce sourire ? Parce que la vie des adultes est plus compliquée que je ne l'imagine, que l'on peut aimer plusieurs fois dans une vie, différemment et même concomitamment ? Que d'autres schémas sont possibles ? Je sais, seuls les enfants croient aux archétypes des contes de fées. À ce moment, pour la première fois, je me demande pourquoi, s'il aime tant Camilla, il n'a pas eu le courage de l'épouser. Son oncle Édouard VIII avait montré l'exemple, il avait abdiqué pour Wallis. Pourquoi Charles n'en a-t-il pas fait autant ? Mais je ne vais tout de même pas lui reprocher de ne pas avoir épousé Madame C.

Je ne suis qu'un bonbon, mais Charles a résisté. Secouée par un rire nerveux, j'en déduis qu'il préfère les boutons de manchette de Madame C. à ceux de mon grand-père.

Charles s'agace de mon rire.

La jalousie s'accroche à des détails. Qu'est-ce que je vais chercher ? Je suis plus jeune que Madame C., j'ai l'air d'un bonbon, c'est elle qui devrait être jalouse. Cette histoire n'a pas de sens. On vient de se marier, nos invités nous attendent, nous naviguons à bord du

Britannia vers les Baléares, la mer est calme et pas nous. Charles n'aime pas les boutons de manchette d'Albert Spencer, il se fiche du septième comte Spencer.

– Ne faites pas un drame de rien.

Je dois abandonner les poignets de Charles à Madame C. Ok.

Je résiste à endosser le rôle méprisable et douloureux de la femme jalouse vers lequel leurs fumisteries répétées me poussent.

– Nous sommes les hôtes, nous devons faire bonne figure et rejoindre les invités sur le pont.

Charles essuie mon mascara avec un coin de sa pochette, voilà, le gros chagrin est terminé, je dois le suivre… Lui surmontera très bien l'incident. Broutille. La commedia dell'arte, c'est aussi l'éducation Windsor.

Les amis de Charles m'ont trouvé triste mine. L'air est si doux pourtant. Doux ? Peut-être jugent-ils Camilla plus sympathique que moi. Sûrement. Ils ne savent rien des farces que Charles et Madame C. m'ont réservées.

Il y a un piano dans le salon, je m'assois sur le tabouret, la musique va m'aider à m'évader. Charles, dans le rôle du jeune marié attentif, me dépose un verre d'eau. Je ne vais pas chanter, je vais jouer la *Valse de l'adieu*. Je pourrais jouer une ballade, un prélude, mais ce soir je veux jouer cette valse de Chopin, elle est mélancolique, et sa mélancolie est belle, alors que la désillusion qui est la mienne est laide.

Je ferme les yeux, je n'ai pas besoin de partition. Selon ma grand-mère – qui a appris la musique au conservatoire de Vienne –, je joue comme une bonne élève sans talent. Cette valse en *la* bémol majeur, je l'ai interprétée tant de fois que je m'en sors un peu mieux qu'elle ne veut bien le dire.

Les invités applaudissent. Charles aussi, mais il ne s'attarde pas, il entame une partie de backgammon, les boutons de Camilla aux poignets, tandis que je descends me coucher, un mouchoir à la main. Charles a besoin de quelque chose de Madame C. avec lui. Les ardeurs de notre nuit de noces n'étaient-elles dues qu'au débordement sensuel d'un homme jeune ? Il continuera ainsi jusqu'à ce que naisse un héritier, peut-être même deux, puis, le devoir accompli, rassasié de ma chair, il changera de couche.

Selon Carolyn, il est sage de savoir fermer les yeux. J'en suis incapable ; la décision de me marier était facile à prendre – n'importe quelle cruche anglaise, mis à part ma sœur Sarah, aurait accepté de se marier avec le prince Charles. Toutes les filles d'Angleterre sont conditionnées pour ce rêve, mais sûrement pas pour être l'épouse mal aimée d'un roi. Je préférerais être la concubine.

Je ne suis pas dénaturée, je suis Diana Spencer, une fille normale qui rêve d'un mariage d'amour. Ce n'est pas mon rôle de raisonner Charles, aucune jeune mariée n'aide son mari à quitter sa maîtresse. Les choses auraient dû se faire naturellement. Il aurait suffi qu'il m'aime, il l'aurait oubliée. L'amour ne ressemble pas à ce que j'avais imaginé. Beaucoup traînent un passé, un homme ou une femme à ménager, pas moi ; alors je me noie dans un torrent de pleurs.

Les côtes italiennes se dessinent au loin, je les vois de mon hublot, la croisière va bientôt prendre fin. Charles est venu dans mes appartements pour « mettre au point diverses choses », ce qui signifie mettre au point notre emploi du temps.

Ce que je vais écrire maintenant n'est pas le fruit d'une imagination perturbée. Je ne le raconterai jamais à personne, pas même à mes sœurs, parce que j'ai honte. Retranscrire cet épisode me demande un effort, tant il est douloureux pour moi.

Charles entre dans ma cabine, il tire son agenda d'une poche intérieure de sa veste, deux photos tombent à terre.

Le bateau tangue, la tempête se lève, les vagues frappent contre les hublots, on se croirait dans un sous-marin. Je regarde les photos. Je les regarde, ahurie : il s'agit de deux portraits de Camilla.

Une autre tempête se lève, la mer accompagne ma désillusion, Charles me demande de ne pas avoir peur de la mer. Je n'ai pas peur de la mer, juste de lui et de Camilla. Les photos sont à terre, sur le tapis, elles sont tombées côté face.

– C'est elle… ?

Un diable est sorti des manchettes de Charles et maintenant de son agenda. Le prince est un prestidigitateur, il a des Camilla partout sur lui ! Après Camilla boutons de manchette, voilà Camilla dame de pique, la noire.

Cette fois, Charles ne joue pas le désinvolte, non, cette

nouvelle indélicatesse l'embarrasse visiblement. Les lèvres serrées, le regard affolé, il cherche une échappatoire, mais il n'y en a pas, les photos sont là, sur le tapis.

Je ne sais plus quelle a été ma réaction, si j'ai mis une main sur la hanche, si je l'ai poussé dans ses retranchements avec un « Alors ! expliquez-vous ! ». Pour cet enfant gâté, il est inimaginable de rendre des comptes à une épouse de vingt ans.

Je le fixe, incrédule. Camilla déborde de partout.

J'ai vingt ans, j'ai du mal à m'exprimer, j'ai vingt ans et nous venons de nous marier, j'ai vingt ans et je n'ai pas envie de me disputer, je ne sais que pleurer.

Devant les cartes étalées sur le tapis, cette fois les mots ne lui viennent pas. Le roi d'un côté et sa reine de pique de l'autre. Il ne me console pas, il me regarde à la dérobée, en silence. Me consoler, ce serait avouer sa faute. Un roi ne commet aucune faute. Une fois de plus, notre situation a l'air d'une blague – de mauvais goût.

Alors, je lui pose une question à laquelle il ne s'attend pas, une question plus profonde que ses tours de potache :

– Pourquoi ne l'avez-vous pas épousée ?

Il me regarde, décontenancé. Il ne répond pas.

J'ai envie de déchirer ces photos, de les jeter par-dessus bord avec les boutons de manchette, qu'ils disparaissent à jamais au fond de l'océan.

Else rêvait de dire à l'antiquaire : « Voilà, c'est fini, je m'en vais. »

Je rêve de dire à Charles : « Déposez-moi au prochain port, je m'en vais. C'est fini. »

L'idée m'apaise, il y a donc un moyen de sortir de ce guet-apens, il suffit de prononcer la formule magique, « Bye, bye, je m'en vais ! », mais le moment n'est pas venu, parce que je suis amoureuse de lui et qu'à cet instant, je garde encore un peu d'espoir. Charles aurait dû se défaire des photos et des cadeaux de Madame C. pour son voyage de noces. Il n'y a pas pensé. Apprendra-t-il un jour à se soucier de moi ? Je demeure dans mon hiver, à attendre, impatiente, alors que Charles ne changera pas.

Le bonbon s'est transformé en chiffon.

Bien qu'exaspéré, Charles me tend sa pochette pour essuyer mes larmes.

Je lui dis :

– Je croyais que c'était fini.

Charles se penche, ramasse les photos, les range dans son agenda sans me répondre. Il aurait pu se justifier : « Ce sont des photos d'un autre temps, j'ai oublié de les enlever. » Peut-être même : « Je vais les déchirer… » Je n'en demandais pas tant. Il n'a rien dit de cela, il a remis les clichés dans son agenda sans commentaire.

Je n'ai pas envie d'argumenter, j'ai juste de la peine. Je ne suis pas préparée à cette bataille. Quelle femme le serait, sitôt mariée, sitôt désavouée ? Je n'ai eu aucun répit, la veille du mariage la dame était là, le jour du mariage aussi, et la revoilà dès le lendemain, là, sur le tapis. Elle réclame son rôle, celui de favorite, nous sommes à la cour. Et la cour des rois d'Angleterre est méchante. J'ai demandé à Charles une faveur, il ne me l'a pas accordée. Mes revendications ne valent rien.

Le jour de notre mariage, la dame portait le gris du demi-deuil, le gris de l'amour perdu. Mais rien n'est perdu entre eux, je le crains.

On me croit en position de force, on se trompe, je n'ai aucune influence, rien, zéro. Pire, mes requêtes jouent contre moi. Madame C. était bien placée à notre mariage, au troisième rang, tout près de la famille. Elle aurait dû refuser. Ce n'est pas qu'elle manque de classe, j'avoue qu'elle en a, mais le snobisme est une drogue. Ne pas être vue au « mariage du siècle » était probablement pour elle encore plus douloureux qu'assister aux épousailles de l'homme de sa vie. Le snobisme a gagné.

J'ai éteint la lumière, les idées sombres prolifèrent dans le noir. Suis-je un devoir pour Charles ? L'ardeur amoureuse peut-elle se déployer sans amour ? Si sa fougue était une commande royale, Charles serait un comédien hors pair.

Les mots de la révolte sont restés verrouillés en moi, ils sortiront un jour, un jour le flot de colère explosera et se répandra comme la lave d'un volcan. L'heure n'est pas venue.

Le féerique bateau blanc flotte sur l'eau et pourtant, j'ai l'impression d'être en prison.

À l'intérieur du féerique bateau blanc, il y a Charles et moi, un couple de jeunes mariés, chacun à son étage, chacun dans sa chambre.

Tout scintille sur le pont, le bouillon à la truffe sera servi, tout ce gâchis parce que Madame C. joue à cache-cache avec moi. Tant de luxe et tant de tristesse, quelque chose est incongru dans ma vie. Pourquoi un yacht long de cent vingt-sept mètres protégerait-il de la tristesse ? Qu'ai-je donc imaginé ? Le luxe ne protège de rien.

Je n'ai pas le courage de monter dîner, le bonbon a complètement fondu, je ne sais quelle erreur s'est produite, pourquoi si vite, pourquoi ces agressions juste avant et juste après le mariage, pourquoi cet acharnement à me montrer que la place est prise. Avant le mariage, pour que je parte, mais après ? Pour que j'accepte de force ? Est-ce le début d'un arrangement à trois, déjà ?

Je ne suis pas un bonbon, mais un joujou, une balle entre les mains de Charles et de Madame C.

Je vais me coucher. Je veux dormir, sombrer, mourir à ce monde. Je suis en train de perdre ma spontanéité, de devenir une personne différente, soupçonneuse. Je déteste les gens soupçonneux, je déteste celle que les événements me poussent à devenir.

– Dites à vos amis ce que vous voulez, dites-leur que je ne supporte pas le roulis, que j'ai mal au cœur, peu importe. Oui, je sais, il y a une soirée à bord, c'est dommage, mais il fallait y penser avant. On ne peut pas laisser tomber de son agenda les photos d'une femme aimée et demander à son épouse de se montrer joyeuse. On ne peut pas tout avoir dans la vie, Charles.

J'ai grommelé : « Enfant gâté ! » Charles a entendu, stupéfait – j'ose le critiquer ? Il a esquissé un mouvement de recul, choqué.

Ma situation est plus humiliante que celle d'Else, on peut demander des florins pour sauver son père de la faillite, mais quémander de l'affection ?

Cela ne sert à rien. Le vieux marchand d'art va accéder à la demande d'Else, sensible à son charme. Charles, lui, ne cédera pas, il n'est pas sensible à mon charme, pas vraiment. On n'aime pas sur commande.

Je ne peux rien avaler, j'ai envie de rendre, tout rendre, même la beauté des plages, du ciel, de l'horizon, de la lune ce soir, si belle, tout rendre.

– Qu'est-ce qu'ils vont dire ? Ils nous attendent… Le plan de table est bouleversé !

– Il fallait y penser avant.

Charles a claqué la porte, la mer s'est calmée. J'ai regardé par le hublot, pas une lumière au loin, pas une seule île habitée à l'horizon pour apporter un peu de gaieté. Juste le noir de la mer. Le gong retentit, ils vont se mettre à table. J'ai jeté ma robe sur le fauteuil, j'ai traversé le couloir en chemise de nuit et je suis entrée dans le bureau de Charles, sans raison.

Sa table de travail est recouverte de galuchat, un double luminaire la partage, d'un côté ses livres, son coupe-papier à son chiffre royal, sa cire à cacheter et des cartes gravées à ses armes, de l'autre ses pinceaux et ses tubes de peinture.

Apparemment, il vient d'achever une toile représentant des vagues sur lesquelles surfe un petit bateau. Désolant, une marine digne d'un enfant de cinq ans, sans la grâce et l'innocence de cet âge.

Alors j'ai pris la toile entre mes mains et j'ai fichu un grand coup de pied dedans, je l'ai trouée, puis je l'ai piétinée avec délice, j'ai tourné la pointe de ma pantoufle en satin blanc sur son petit voilier et j'ai sauté sur ses vagues à pieds joints pour l'achever.

Mes pantoufles sont fichues. La peinture fraîche les a tachées, les dentelles de ma chemise de nuit aussi. Au sol, le spectacle est impressionnant. L'œuvre de Charles est déchiquetée et la moquette, originellement blanche, est multicolore, maintenant.

Mon forfait accompli, je referme la porte doucement. Justice est rendue.

Charles va hurler. Une fois dans ma cabine, je me mets à trembler comme une gamine qui réalise soudain qu'elle vient de commettre une énorme bêtise.

Impossible de revenir en arrière. Je n'ai jamais rien détruit de ma vie, sauf sur la plage de Brighton, et sans le faire exprès, le château de sable de mon petit frère, j'avais marché dessus. Il avait pleuré, je m'étais excusée et nous l'avions reconstruit ensemble.

Charles ne pleurera pas et je ne m'excuserai pas. Cette

fois, je l'ai fait exprès, je m'accorde une seule excuse : c'était vraiment laid.

« Où est passée Diana ? Elle ne va pas bien ? Que lui arrive-t-il ? »

Charles va mentir sans problème, il sait faire, le mal de mer est opportun. Il culpabilisera ? Non, Laurens Van der Post a dû lui apprendre à ne pas culpabiliser.

De toute façon, pour Charles, l'autre a si peu d'importance. La vie ne tourne qu'autour de lui et les larmes qu'il provoque l'insupportent.

Ma robe pour danser au clair de lune est tombée du fauteuil, des rires résonnent dans les couloirs.

Le prince et la princesse de conte de fées sont déjà fâchés.

Je vois par le hublot un ciel uniforme, aucune étoile pour me souhaiter bonne nuit.

La tempête s'est calmée, les moteurs sont arrêtés, les chaînes de l'ancre grincent. Le bateau est trop grand pour entrer dans les ports, nous passons les nuits en mer.

En haut, ils doivent s'interroger : la jeune mariée se repose ? Des sourires égrillards se dessinent et se tournent vers Charles. Ah, ce Charles, quel homme…

Je ferme les yeux, je crois entendre des cris de joie, des rires. Les invités jouent sans doute au jeu des noms, le jeu favori de la reine à Balmoral. Charles répète la règle :

– On colle sur le front de chaque joueur un papier sur lequel est écrit un nom… Le joueur a l'air d'un idiot, peu importe, il doit deviner qui il est en posant des questions à l'assemblée.

La nuit me sauve. Je vais enfin sombrer dans le sommeil. Sombrer, fuir, sombrer, fuir… Je voudrais dormir jusqu'à la fin du voyage, juste dormir, oublier les photos, les boutons de manchette, le bracelet, oublier ou me jeter à la mer.

Le lendemain, on frappe à ma porte. Je suis à peine réveillée, mais je me souviens très bien de mon forfait, cela doit être Charles, furieux, me suspectant d'avoir détérioré son « œuvre d'art ».

J'ai envie de me cacher sous les couvertures, de faire la morte, l'évanouie. Il insiste et frappe à nouveau ; il me faut une bonne dose de courage pour me lever et ouvrir la porte. C'est bien Charles, un plateau de petit déjeuner entre les mains. Cette vision est si cocasse que je l'ai d'abord pris pour Stephen Barry, son valet.

– Salade de fruits rouges, toasts, marmelade, thé, dit-il.

Il veut se réconcilier avec moi, conscient que l'attaque du tableau n'est rien comparée aux photos tombées de son agenda.

Charles est en pyjama, ce qui le rend plus accessible. Un pyjama à rayures bleues avec quelques filets bordeaux, le tissu est épais comme les sous-pulls de sport d'hiver, il doit redouter la climatisation, un pyjama d'enfant, assez laid qui me plaît beaucoup. Qui d'autre le voit ainsi ? Mon bourreau m'embrasse, j'évite les yeux bleu marine, mais je le laisse poser ses lèvres sur les miennes, lui seul peut me fournir l'antidote aux souffrances qu'il m'inflige, c'est absurde, je sais. Lui seul possède le contre-poison. Un autre baiser. Je me laisse faire, pauvre petite prête à passer l'éponge sur toutes les vilenies de son mari, prête à répondre à la moindre avance par un sourire, pauvre fille dépendante de l'humeur de Charles parce qu'elle l'aime.

Allez, allez, un petit effort et je suis prête à sourire, prête à accueillir un mensonge, même de mauvaise qualité, à condition qu'il soit un minimum crédible. Mais Charles ne me lance aucune bouée. Je dois apprendre à nager seule ou couler.

Loin de partager mes pensées, il constate que j'ai minci. En effet, voilà deux soirs que je ne dîne pas. Il glisse ses mains sur mes hanches, les retire. N'a-t-il pas vu sa toile saccagée ?

Soudain, il me fixe.

– Que s'est-il passé hier soir avec mon tableau ?

Je baisse la tête.

– J'aimerais ne pas avoir épousé un bébé, dit-il.

– Et moi, j'aimerais vous croire, toujours.

Le sujet est clos.

Il est un adulte et son tableau, une croûte. Il n'essaie pas de me convaincre du contraire. Il change de sujet :

– Vous trouvez qu'il y a trop de monde sur le bateau ?

Autant le laisser penser que telles sont mes préoccupations.

– Nous aurons une vie plus protégée à Highgrove. Le temps de finir les travaux, nous serons chez nous. Après la croisière, nous passerons par Balmoral. Le philosophe Laurens Van der Post sera là, c'était un ami de mon oncle Lord Mountbatten, je l'aime beaucoup, vous verrez, il est intéressant. Je vous lirai quelques passages de ses livres avant son arrivée.

J'approuve, comme si j'étais impatiente de rencontrer Van der Post, comme si je l'avais lu et relu, comme si les événements de la veille étaient déjà oubliés. Je me déteste. Je suis lâche, je me trahis. J'attrape la main qui se tend.

Je répète que je suis heureuse d'aller à Balmoral, de rencontrer Van der Post, dont je ne connaissais pas le nom avant qu'il me parle de lui. Et j'espère qu'avec le temps, Charles éprouvera un peu d'amour pour moi et que cet amour pansera mes blessures.

Charles prend mon pouls et décrète que je vais bien : je pourrai me rendre sur le pont pour assister avec lui à l'arrivée à Capri.

– Nous passerons devant la villa Malaparte, cette excentricité architecturale, dit-il.

Puis il m'emmènera visiter la maison d'Axel Munthe à Anacapri.

– À tout de suite…

J'ai avalé mon thé, mes toasts et ma salade de fruits. Puis j'ai verrouillé ma porte et je me suis enfermée dans la salle de bains.

Au début, c'est désagréable. Depuis l'histoire du bracelet, j'ai mis au point un rituel, je me munis d'une serviette, je m'agenouille devant les toilettes, j'enfonce mes doigts profondément dans ma gorge, c'est le moment le plus difficile, je crache, je transpire, je halète, je dois essuyer mon front, mes joues, mes yeux, je serre ma serviette entre mes mains, je supplie, je prie, d'ailleurs je suis agenouillée, jusqu'à ce que la nourriture remonte et s'éjecte. Quand le déjeuner passe dans la gorge, puis dans la bouche, je ressens un soulagement : mon corps a gagné. Gagné en refusant je ne sais pas quoi de cette vie, mais il refuse quelque chose. Ma pénitence ne fait pas disparaître la favorite, mais c'est ainsi que mon corps réagit, je vomis, je rejette. Je tire la chasse. Cela a commencé avec l'histoire du bracelet. Il y a des croix à porter plus valorisantes, la mienne est banale, rien d'exceptionnel, les femmes déçues par leur mari sont nombreuses et me comprendront, pourtant je ne sais comment vivre avec cette croix-là.

Je vais tout de même me hâter d'ajouter le D de Diana aux initiales du prince sur le papier à lettres de Highgrove et de Kensington, et sur un bristol ainsi rectifié, je remercierai Madame C. de son cadeau de mariage.

Nous avons à peu près survécu au voyage de noces sur le *Britannia*.

La suite à Balmoral. La famille royale, les invités et le personnel de la propriété, cuisiniers, femmes de chambre, jardiniers, palefreniers, maréchal-ferrant… en tenue de service, sont là pour nous accueillir devant les grilles du parc. Un cadeau nous attend : nous devons prendre place dans une calèche ostensiblement décorée de bruyère et de fleurs.

J'interroge Charles :

– N'est-ce pas trop ?

Mon étonnement l'amuse, il a l'habitude des décorations et des accueils excessifs. Monter dans cette calèche, est-ce vraiment nécessaire ?

Une surprise d'un ordre bien différent va suivre : le rituel de l'initiation à la chasse. Pour cela, un cerf est éventré sous mes yeux, et je dois me barbouiller le visage du sang de l'animal.

Mon supplice ne s'est pas arrêté là, à la chasse s'ajoute la pêche : je dois apprendre à attraper un saumon en glissant deux doigts dans ses ouïes. Charles guide mon index et mon majeur à l'intérieur de la chair.

– Après, dit-il, tu seras une vraie princesse de Galles…

Chasser et pêcher ne suffisent pas aux Windsor, on commente chaque prise à dix-sept heures précises, l'heure du *tea time* royal. Il est recommandé de ne pas se changer et d'éviter de s'asseoir dans le fauteuil usé recouvert de chintz et de poils de chien, c'est celui de la reine. D'apprécier le thé de Chine aromatisé à la bergamote, le cake au gingembre ou les sandwichs au concombre.

Les Windsor ont la moquerie facile, mieux vaut connaître leurs codes.

On m'appelle « Ma'am » ou « Votre Altesse royale ». J'ai maintenant droit à une révérence, que j'interromps, bien sûr. La révérence d'une personne plus âgée que moi me plonge dans un grand embarras. Mademoiselle Spencer, c'est tellement plus gai. Plus jamais personne ne me saluera ainsi. Mon nouveau titre modifie les attitudes, j'ai l'impression d'être quelqu'un d'autre. J'endosse un rôle, mes jupes plus ajustées modifient ma démarche, mon visage semble plus dynamique avec mes cheveux courts. Mademoiselle Else constate qu'elle a « une autre tête que d'habitude ». Moi aussi. Ce n'est pas seulement ma tête qui a changé, j'ai changé aussi de nom, de profession, la baby-sitter est devenue princesse, mais mon job est débile, il suffit de sourire. Selon ma grand-mère, je n'ai rien compris. À partir de maintenant, je ne dois plus sourire pour plaire, ce sont les autres qui doivent sourire pour me plaire.

Ma grand-mère est prétentieuse. Elle aurait été une princesse de Galles arrogante, je ne pense jamais comme elle.

Si mon interlocuteur se permet une question personnelle, ma grand-mère me conseille de lui adresser un « Pardon ? » afin de l'embarrasser. Glacial. Pourquoi ces conseils ? La vie, ce n'est pas la guerre ! Peut-être pour elle, qui a dû batailler pour obtenir sa place auprès de la reine mère.

Personne ici ne pose de questions personnelles, c'est interdit. Leur *no personal remarks* finit par créer une certaine indifférence. À force de faire semblant de ne pas s'intéresser aux autres, on y parvient. Les courtisans sont lissés, *well educated*, comme le labrador de Charles, ils attendent devant la porte qu'on les invite à entrer, excepté Madame C., qui s'infiltre partout.

Else lui dirait : « Madame C., vous avez beaucoup d'humour ce matin. »

Oh, ce serait tellement bien si je parvenais, le sourire en coin, à réagir comme Else.

Je me suis entraînée : « Madame C., vous avez beaucoup d'humour ce matin. » Pas mal. Ou : « J'imagine, Madame C., que je ne suis pas l'unique sujet de vos conversations avec mon mari. » Malheureusement je suis plus forte devant mon miroir que dans la réalité.

Les Parker Bowles seront peut-être là ce soir ; la liste des invités *hors norme, hors gabarit*, ne m'est pas communiquée, parfois j'en prends connaissance accidentellement. Il y a trois jours, le président des États-Unis Ronald Reagan galopait avec la reine, un autre jour j'ai aperçu Margaret Thatcher et son époux en tenue de cocktail dans les allées boueuses du château. Ricanements familiaux assurés.

Le soir lors du dîner, je me cache derrière le centre de table, une imposante sculpture représentant John Brown – l'abolitionniste américain –, pour que l'on m'oublie, ce qu'ils font assez facilement, et le temps s'étire dans la salle à manger aux lourdes tentures écossaises. Il y a du gibier presque à tous les repas, et je déteste le gibier. Les invités hors norme ne connaissent pas les poules faisanes et la signification d'un doublé, ils arrivent de la ville, Londres ou New York, ils ne chassent pas, ils ne savent pas que l'ordre des priorités est différent à la chasse que dans un salon.

Margaret Thatcher n'a pas la tête d'une femme qui se demande si la chasse en battue est préférable à l'affût pour capturer un faisan, plutôt celle d'une femme qui pense derrière son bureau à la politique monétaire pour réduire l'inflation. Charles sait y faire, même avec elle, il est rodé à toutes les conversations, y compris au *small talk*, il connaît bien ce ronron mondain, cet art de parler sans rien dire.

Dans la maison de famille.

C'est simple : mon mari est chez lui partout en Angleterre. Il passe ses vacances d'hiver à Sandringham House dans le Norfolk et ses vacances d'été à Balmoral en Écosse. Il connaît les propriétés familiales comme sa poche. Pour se ressourcer, il parcourt à pied la plus haute colline de l'Aberdeenshire, la vue y est paraît-il magnifique. Là, il médite, compare la solitude des hommes du désert du Kalahari à celle des Occidentaux prisonniers et malades de la civilisation. Les écrits de Laurens Van der Post sur les Aborigènes et leurs pouvoirs magiques le passionnent. C'est son côté intello-écolo. Le soir, il lit Van der Post à haute voix rien que pour moi. Hier, près de la cheminée, j'ai eu droit au « développement des pouvoirs de la force psychique », une sorte de message subliminal face à son écrasante famille.

La famille royale s'est absentée. Nous sommes restés tous les deux seuls. Nos fauteuils sont face à face près de la cheminée, Charles lit, Tigga, son Cavalier King Charles Spaniel gâté et chéri, blotti à ses pieds, et moi, énamourée, je brode un coussin pour le bureau de mon mari… C'est cette image idyllique de couple à la campagne que la sonnerie du téléphone vient troubler. Charles décroche, mon médecin veut me parler. Il a une nouvelle importante à m'annoncer : j'attends un heureux événement.

Charles prend un air surpris.

– Déjà ? murmure-t-il, content de souligner son efficace virilité.

Il dépose un baiser sur mon front et décide de prolonger notre séjour à Balmoral jusqu'en octobre, afin que la future maman se repose.

Il se sert un whisky bien tassé, se moque de ma menthe à l'eau, « une boisson d'enfant ! ». Nous sommes en août mais il fait déjà frais. Il ajoute une bûche dans la cheminée, se rassoit.

Il a abandonné Laurens pour Jung, une histoire de forces physiques et d'« homme à la découverte de son âme » dont il me lit un passage, puis il repose le livre et propose de me le prêter :

– Tout esprit curieux de lui-même devrait lire ce chef-d'œuvre. C'est clair, sans jargon, dans sa langue profonde…

La vie intellectuelle de Charles me dépasse, j'attends, impatiente, l'arrivée de Laurens.

Charles se lève, Tigga le suit, il va sûrement annoncer

la bonne nouvelle à sa mère. Je termine de broder une feuille avant de le rejoindre.

Un moment parfait.

Quand je suis entrée dans notre chambre, Charles était au téléphone dans la salle de bains, la porte est entrouverte. Il s'exprime doucement, le ton caressant, une tendresse d'une autre nature que celle qu'il réserve à sa mère.

J'entends : « Tu me manques, je pense tout le temps à toi. »

J'ai dit quelque chose comme : « Oh non ! Pas encore, pas maintenant. »

Derrière mes joies m'attend toujours un chagrin.

Charles bien sûr ne se doutait pas de ma présence, il pensait que son épouse à l'étage du dessous devant la cheminée brodait gentiment le coussin qu'elle lui destinait.

Il a besoin d'entendre la voix de Madame C., il est malheureux quand trop de temps s'écoule sans lui parler, sans savoir où elle est, ce qu'elle fait, sans lui rappeler qu'il l'aime et ne l'oublie pas.

Il parle, et mes larmes coulent.

Il n'y a donc rien à faire, Madame C. lui est indispensable.

J'ai reçu le sang d'un cerf éventré sur mon visage, j'ai tenu contre ma poitrine un saumon gluant aux écailles tranchantes, j'ai assisté à deux matchs de polo en deux jours, j'ai vu Charles fier de brandir sa coupe, je l'ai écouté, en kilt écossais, m'expliquer le sens libérateur de la parole selon Jung, je porte son enfant. Que faire d'autre pour lui plaire ?

Nous nous sommes trompés de vie.

Rien ne change. Les saisons passent, notre amour s'éternise en hiver.

Charles a besoin de parler à Camilla. Son besoin d'elle est vital. Sa vie perd de son attrait sans elle. C'est elle qui lui fait battre le cœur, qui colore son paysage. Il dira qu'il ne fait rien de mal, il parle. Non, il reprend vie, je le sens à l'intérêt qu'il porte au moindre de ses faits et gestes. Camilla est mariée à Andrew Parker Bowles, ils ont deux enfants, Thomas et Laura. Charles souffre-t-il de cette situation ? Est-ce pour cette raison qu'ils ont sans cesse besoin de se rassurer ?

Je peux obéir à tous les désirs de Charles, hurler, prier, maudire les grands-mères, leurs sornettes, les contes de fées, le baiser d'un prince ne rend pas la vie à la Belle au bois dormant, il l'empoisonne. Et les grands-mères sont des menteuses.

Tigga m'a repérée, Charles s'est tu, mes reniflements m'ont trahie, il a raccroché.

– Je sais à qui vous parliez…

Quelque chose n'allait pas dans notre vie en rose.

J'ai tenté de lui demander des explications tout en sachant, sauf miracle, que cela ne servait à rien. Charles a changé de pièce. Camilla est la femme qu'il aime, je suis l'intruse. Je dois disparaître, mais je ne sais pas comment, ce n'est pas si simple. Une personne est en trop dans notre union.

J'ai dû hurler :

– Ça suffit !

Il s'est retourné, abasourdi, comment osais-je crier ? Il s'est enfermé dans sa chambre en rabattant sa porte si vite que le pauvre Tigga est resté de l'autre côté, avec moi.

Je pourrais peut-être comprendre Charles s'il me parlait. Quand on aime quelqu'un, il faut avoir le courage de sonder son cœur. Je suis courageuse, je suis prête, encore faut-il qu'il le veuille bien.

Est-ce que j'exagère ? Madame C. est-elle simplement la grande amie de Charles, peut-il donc l'appeler sans que ce soit un drame ? Est-ce que Charles pense que je suis immature ? Hystérique ? Idéaliste ? Une emmerdeuse ? Une gamine de vingt ans ? Je suis tout ça.

Son silence aggrave mes soupçons. Le silence est plein de pièges dans lesquels je tombe invariablement. Charles m'abandonne à mes frayeurs. Il suffirait qu'il invente une histoire, même bancale, je m'y engouffrerais, tant j'ai besoin de son amour.

La machine à broyer du noir est en route. Charles

aime Camilla. Ma minceur, mes robes rose bonbon, la chasse, la pêche, ma jeunesse, mon intérêt même déguisé pour Laurens et Jung, l'enfant que je porte n'y changent décidément rien. Je dépose les armes.

Il existe plusieurs plans pour leur laisser la place libre : les médicaments, les veines coupées et l'escalier. Si je me jetais du haut de l'escalier, on croirait à un accident.

Charles s'est enfermé dans sa chambre, je l'avertis en parlant plus fort que de coutume que malgré mon bébé j'ai envie d'en finir avec la vie, que je vais mal. Je le supplie d'ouvrir sa porte, de m'aider, il me répond en parlant fort lui aussi :

– Tu fais ton intéressante.

Alors, « je fais du genre », comme Else ? Il ne peut pas le dire, il ne connaît pas Else. S'il m'avait demandé qui sont mes amies, j'aurais pu lui raconter l'histoire d'Else.

Mais il ne me l'a pas demandé.

Cette nuit-là, je me suis réveillée en nage et en hurlant, j'étais comme Else, allongée dans un caveau. Un serpent avait mordu ma cheville, mes jambes étaient froides et mon sang coulait. Je me suis réveillée avec l'envie de faire ma valise, de retourner chez moi à Althorp. Mais il va falloir remonter sur scène, et encore faire semblant d'être heureuse.

Charles imagine que je suis malade. Quiconque le contrarie est-il malade ? Il considère Laurens Van der Post comme un maître guérisseur et aimerait que je m'entretienne avec lui.

Charles, je ne suis pas malade, tu veux qu'il me guérisse de quoi, de ton infidélité ? N'est-ce pas toi qui devrais le consulter ?

Que dire à Laurens ? Je n'ai pas lu ses livres, je ne le connais pas, lui non plus ne me connaît pas. Je peux juste lui dire que j'espérais que Charles m'aime et que l'intérêt qu'il porte à une femme de son passé allait s'estomper.

Qu'est-ce que ça peut bien faire à celui qui a écrit sur le mythe du centaure, mes espoirs déçus ?

J'attends que quelque chose se passe, quelque chose de fort, de radical, qu'il me secoue par les épaules et qu'il me parle, j'attends un événement qui le guérisse de Madame C. Depuis notre mariage, ma vie est devenue cette attente absurde.

Laurens m'écoute, le visage compatissant, mes larmes coulent sur mon visage, est-ce qu'elles se tariront un jour ? Quand je n'aurai plus de larmes mais toujours du chagrin – ou que le chagrin disparaîtra avec les larmes ?

Laurens se garde bien de prendre position pour Charles ou pour moi. Il me conseille de consulter un psychanalyste, son ami le docteur Alan McGlashan. On verra.

On verra… quoi ? Que les liens d'une alliance ne garantissent pas la fidélité ? Que l'amour a ses raisons… ? Je le sais. Je l'ai su petite fille. Aucun serment ne résiste à un cœur qui s'emballe. Maman a laissé ses enfants, Charles néglige sa promesse à l'archevêque de Canterbury et même à Dieu. À moins que le ciel n'encourage l'amour.

La fraîcheur d'une jeune fille n'a pas pu éteindre une ancienne passion.

Une nausée me soulève le ventre et je cours vers ma salle de bains. Je me libère en vomissant. C'est une explication possible. Avant Charles, seul un excès de mousse au chocolat m'avait contrainte à me libérer de la sorte, j'avais douze ans.

Camilla est une goutte d'arsenic dans mon verre, et je me tords de douleur. Les idées de suicide m'obsèdent. Antidépresseurs, anxiolytiques, somnifères, analyse, psychothérapie sont les conséquences de la criminelle légèreté de mon mari, Charles persiste à prétendre que je fais mon intéressante.

Je pleure alors que mon ventre grossit, j'ai des idées noires alors que je porte la vie. L'idée que Charles m'utilise pour lui donner un héritier me détruit.

J'ai pris rendez-vous chez le psychanalyste recommandé par Laurens.

Un homme d'un certain âge, séduisant encore, qui a dû favoriser bien des transferts.

Il ne me jugera pas, me rassure-t-il, je pourrai lui dire tout ce que je veux.

Première séance :

Moi : Je suis l'intruse dans ce couple.

Lui : Comment ça ?

Moi : Je gâche un amour. Ils s'entendent bien, leurs intérêts sont les mêmes. Ce genre d'attirance ne s'efface pas avec le temps. Ils se retrouveront… tôt ou tard. Notre relation est déjà usée.

Froncement de sourcils.

Moi : Charles est en mission commandée. La reine, conseillée par nos grands-mères, a décidé de notre union. Je pense que son seul acte de rébellion est de me tromper. Un jour, moi aussi je me rebellerai…

Lui : Et comment envisagez-vous de vous rebeller ?

Moi : Je ne le sais pas encore, mais la révolte gronde en moi à présent. Une révolte absurde, on ne peut forcer personne à aimer. Je pourrais prendre un amant, cela ne changerait rien. Charles et Camilla ne demandent pas mieux. Ils seraient ainsi débarrassés de moi.

Lui : La vengeance n'est pas une solution.

Moi : Me demander en mariage alors qu'il aimait une autre femme, ce n'était pas juste !

Lui : Pas juste ? C'est une expression d'enfant.

Moi : J'ai intérêt à grandir vite… J'avais seize ans quand Charles m'a regardée de façon significative, selon ma sœur. J'étais une gamine, docteur… Ils m'ont choisie.

Lui : Qu'entendez-vous par « ils » ?

Moi : J'ai été choisie par la famille royale, pas par un homme.

Deuxième séance :

Lui : Vous souffrez d'une obsession, Camilla.

Moi : Une obsession Camilla ? Et si c'était elle qui souffrait d'une obsession Diana ? Cette façon de toujours se trouver sur mon chemin.

Lui : N'est-ce pas une amie de votre mari ?

Moi : Une amie à qui il offre des bijoux, une amie qui lui manque, je les ai entendus au téléphone.

Lui : Cela ne prouve rien.

Moi : Rien ?

Lui : Non, rien. Vous avez beaucoup d'obligations à remplir, une vie sociale chargée... Vous avez d'autres choses à faire dans la vie qu'orienter toutes vos pensées vers Camilla...

Moi : Mon mari chasse deux fois par semaine avec l'équipage du duc de Beaufort, Camilla participe à ces chasses.

Lui : Est-ce que vous avez envie de participer à ces chasses ?

Moi : Non, je n'aime pas la chasse.

Lui : Alors ?

Moi : Une seule fois, Charles m'a demandé de venir, c'était parce que la foule me réclamait. Quand il arrive sur les terres du duc, les gens répètent : « Nous voulons Diana... », ce qui l'agace forcément.

Lui : Voulez-vous dire qu'une concurrence s'installe entre vous ?

Troisième séance :

Lui : Vous n'allez pas refaire le passé en provoquant crise sur crise...

Moi : Vous pensez que je rends la vie impossible à Charles ? Que c'est moi qui le jette dans les bras d'une femme plus calme, plus douce... que je fais mon malheur, que je suis folle ? Je ne m'aime pas, parce que Charles ne m'aime pas. Ma boulimie me dégoûte de moi-même, c'est mon amie honteuse… Docteur, j'ai une envie irrésistible de me dissoudre comme un comprimé effervescent dans un verre d'eau et de disparaître à jamais. Oui, mourir. J'ai honte qu'il préfère une autre femme et que tout le monde le sache.

J'étais habillée simplement, un pantalon bleu marine et un chandail décolleté en V. Soudain, le psy me fixe avec attention.

Lui : C'est quoi, cette marque sur votre poitrine ?

Moi : J'ai pris un couteau à dents de scie et je me suis incisée, là, entre les seins, de haut en bas.

Lui : Pourquoi cette automutilation ?

Moi : Je ne sais pas. Parce que je ne peux pas parler à Charles…

Lui : En blessant votre corps, vous communiquez votre blessure ? J'ai rencontré il y a quelques années une personne qui se scarifiait pour décevoir l'entourage dont elle ne se sentait pas digne.

Un petit ballon rond, doux et chaud grandit dans mon ventre, la pensée de l'enfant est inséparable de l'acte qui l'a placé là, dans cet endroit mystérieux du corps des femmes. Un enfant changera peut-être les choses.

Nous avons passé Noël à Sandringham.

La reine ne fait jamais de remarques personnelles. Par contre, Anne est sortie de sa réserve pour me mettre en garde, malgré mon état, je n'avais plus que la peau sur les os. Était-ce la manifestation d'une inquiétude pour mon enfant et moi ? Je me le demande… Une chose est sûre, ma maigreur est due à mes génuflexions devant la cuvette des toilettes. S'en doute-t-elle ? Je ne l'espère pas. Les scarifications comme les vomissements me font honte.

Il y a quelques jours, le psy a haussé le ton, il m'a demandé d'adopter une attitude responsable vis-à-vis du bébé et d'arrêter les vomissements. Car les crises de boulimie s'enchaînent et, avec elles, l'envie de ne rien garder.

Il pleut tous les jours, les Windsor sortent comme si de rien n'était. La pluie glisse sur leurs royales épaules, tandis qu'elle me désespère. Mon moral s'en ressent, les obsessions réapparaissent, l'enfant à venir ne les calme pas.

Le téléphone sonne dans le bureau de Charles. C'est elle, évidemment. Elle ne doit pas savoir que Charles est à la chasse. Elle connaît pourtant son programme heure par heure. Je n'ai pas le temps de courir. De toute façon, si je répondais sur cette ligne, je serais en faute, ce qui provoquerait un drame. Le clan prendrait la défense de Charles.

J'ai, malgré tout, envie de l'affronter, de lui dire que mon mari dort dans mes bras, que j'attends un bébé et qu'elle nous laisse une chance. Mais pour cela, il faudrait que Charles surmonte son attirance pour cette femme, qu'il choisisse notre couple.

Mon psy prétend que je ne peux pas savoir qui est au bout du fil, que je ne suis pas voyante.

Mais si, justement, je peux savoir, parce qu'être trompée développe des dons, je suis devenue voyante. Elle m'apparaît en jean fumant une cigarette, signe qu'elle espère une longue conversation.

Si je me confie au psy, je vais avoir droit à un Xanax de plus par jour.

Il se frotte le menton, donne des noms compliqués à une chose simple ; juste l'intuition, docteur. Dans son charabia à lui, il s'agit d'« un retour compulsif dans mes symptômes ». Camilla a développé mes pouvoirs. La vision d'elle le jour de notre mariage m'a marquée au fer rouge, la brûlure ne cicatrise pas.

Cinquième séance :

Moi : Docteur, l'envie de Camilla d'être à ma place ressemble à un sort.

Lui : Avez-vous déjà envié Camilla ?

Moi : Oui.

Lui : Quand ?

Moi : Un soir dans le salon de Balmoral, je me souviens, elle fumait, jouait avec son briquet, riait aux éclats, appelait ses amis *Darling* et s'amusait à répéter son expression favorite, « *You kidding* » à la moindre occasion. Elle était si sûre d'elle.

Lui : Vous aimeriez lui ressembler ?

Moi : Oui.

Lui : Pourquoi ?

Moi : Elle est spirituelle, naturelle, sexy sans vulgarité.

Un air de satisfaction traverse le visage du psychanalyste.

Moi : Je me suis dit que je ne lui arriverais jamais à la cheville.

Lui : Qu'est-ce que vous lui enviez encore ?
Moi : Elle lui plaît.
Lui : Quoi d'autre ?
Moi : Ils adorent parler ensemble.
Lui : Ne m'aviez-vous pas dit que c'était elle qui vous enviait…

Sixième séance :
Moi : « Vous n'irez pas à la chasse, n'est-ce pas ? » J'entends la voix de Camilla me posant cette question…
Lui : Il y a combien de temps qu'elle vous l'a posée, cette question ?
Moi : Avant les fiançailles. Sa voix est inscrite dans ma mémoire.
Lui : Inscrite ?
Moi : Les images s'effacent et réapparaissent sans me laisser de répit. Elles sont désagréables et provoquent chez moi une émotion aiguë, je suis victime de moi-même, terrassée, foudroyée. Les images me poursuivent, je ne parviens pas à m'en débarrasser, je revis les scènes avec un plaisir mortifère.
Lui : « Mortifère », on ne peut pas mieux dire.
Moi : J'ai mal au ventre, je pleure et je ne sais plus si c'est à cause de Charles ou de maman qui passe la grille du parc de Park House.
Lui : Votre mère a quitté votre père il y a combien de temps ?
Moi : J'avais huit ans.
Lui : Il y a donc quatorze ans…
Moi : Le souvenir demeure vivant en moi. Docteur,

pourquoi ces images si douloureuses ne me laissent pas en paix ?

Lui : Vous formulez très bien ce qu'il vous arrive. La bataille contre soi-même est toujours difficile, le principe de répétition est plus puissant que le principe de plaisir.

Moi : Mais je n'ai aucun plaisir à revivre des scènes douloureuses.

Lui : Le but principal d'une pulsion est de ramener au présent le passé perturbé. Cette force que vous déployez s'appelle la compulsion à répéter.

Moi : Et alors ?

Lui : Et alors, vous revivez la scène au présent pour tenter de la modifier.

Moi : Comme c'est impossible, il n'y a pas de solution ?

Lui. Vous devez vous expliquer avec votre mari. Ce qui demeure incompris revient telle « une âme en peine », disait Freud, jusqu'à ce que soient trouvées solution et délivrance.

Moi : Alors, il n'y a pas de solution, Charles n'acceptera jamais de discuter avec moi, il fuit. Je serai donc toute ma vie « une âme en peine ».

Lui : Laissez du temps à votre époux… Il peut de lui-même modifier son comportement.

Moi : Ils sont deux contre moi. Ils s'exaltent, se persuadent. Quand Charles raccroche après une conversation avec elle, il est pire. Il faudrait que je tente quelque chose de spectaculaire pour qu'il prenne conscience.

Lui : « Spectaculaire ». Qu'est-ce que vous entendez par spectaculaire ?

À peine rentré de la chasse, Charles m'annonce que nous partirons aux Bahamas après Noël. Ainsi, je pourrai me baigner dans la mer, notre bébé adorera, ce sera « notre seconde lune de miel », dit-il. Ici, les courants chauds et les courants froids se succèdent, et ma santé se fragilise, ces va-et-vient sont déstabilisants et générateurs de souffrance pour moi. Le bonheur est si proche et pourtant, je m'en méfie. Depuis la veille de nos fiançailles, les joyeuses nouvelles sont toujours suivies d'une mauvaise.

Il m'embrasse, caresse mon ventre, il sent la nature, le gibier... ce mélange d'odeurs particulier aux chasseurs. Je passe ma main sur ses oreilles glacées, oui, je sais, elles sont décollées, mais elles lui donnent quelque chose d'enfantin, de naïf, qui me réconcilie avec lui.

– C'était bien ?

Il décrit ce qu'il nomme « un tableau de chasse » : une centaine d'oiseaux tués. Il a déposé quelques faisans à la cuisine pour le dîner de ce soir. Moi, j'aime les oiseaux dans le ciel, pas dans mon assiette... La chasse, c'est la psychanalyse des Windsor. Viser un lièvre, une perdrix grise ou rouge, marcher derrière un cerf, et c'en est fini des problèmes, oubliées l'autoritaire Margaret Thatcher et les disputes du couple Galles. La chasse est leur divertissement. Je devrais prendre exemple sur eux, galoper avec une meute de beagles, cerner un cerf plutôt que de ruminer dans mon lit. Ne penser qu'à cela, le cerf, être plus rusée que lui.

Du côté Spencer, le père et le fils suivent plutôt une petite balle blanche, ils jouent au golf et commentent pendant des heures la façon dont ils ont approché un *green*. « *Life is a game, but golf is serious.* » À chacun son exutoire.

Nous nous dirigeons vers le salon. Quelques projections de boue collent au pantalon de Charles – à part les Thatcher, personne ne se change pour le thé.

La reine, Margaret et Anne se taisent dès que j'apparais dans la pièce. Elles parlaient de moi ? Si j'avais une aptitude à la paranoïa, elles l'ont accentuée.

En fait, je ne sais pas où est ma place, ni le rôle que je dois tenir. Dois-je m'approcher, enjouée, ou m'éloigner, réservée, suis-je de la famille ou une invitée, suis-je désirée ou haïe ? Cela dépend des jours. Si Charles se comporte en mari, je suis de la famille. Quand il parle avec Madame C., mes raisons d'être parmi eux s'évanouissent. Les Windsor préfèrent leurs chiens aux êtres humains. Les surnoms les plus tendres sont pour eux : « *Goody goody boy, Beautiful lady…* » Les welsh corgis sont prioritaires sur les canapés ; ils sont huit. Je partage habituellement mon fauteuil avec Sandy et Muick, je les caresse, flattée qu'ils aient choisi ma compagnie. Tigga n'aime que Charles.

Parfois la reine esquisse un sourire à mon endroit, je devine une envie d'engager la conversation, mais son statut la rappelle assez vite à la froideur. Dommage. J'aurais bien aimé un peu d'intérêt pour mon état, un « Diana, vous vous sentez bien ? », après tout je suis enceinte d'un héritier du trône. Mais non, la reine s'adresse principalement à ses corgis, elle les caresse entre leurs oreilles aplaties de bonheur, sa jupe est couverte de poils et même de bave, mais qu'importe. Les vêtements sont l'affaire des femmes de chambre.

Le prince Philip a tué douze faisans, Charles vingt, Anne dix et deux lièvres, Margaret six oiseaux. Un carnage. J'ai élevé et adoré deux lapins, je suis révoltée qu'Anne se vante d'en avoir tué. Comment peut-on tuer un lièvre ou un lapin ? Cette conversation me désespère et ma silencieuse lâcheté me déçoit, autant que leur joie de tuer.

Il existe un autre moyen d'en finir avec cette vie, mais ce moyen-là demande du panache. Il faudrait que je me lève, que je tape sur le rebord de ma tasse de thé avec le couteau à tartiner, que je demande le silence et que j'annonce calmement que je me tire, que je prends la clé des champs !

Pour une fois ils m'écouteraient. Je préciserais :

« Je me barre, je me sauve, je pars loin dans un autre pays, je n'aime pas cette vie, ce clan de tueurs lunatiques, hypocrites, cérémonieux, j'abandonne le grand dadais aux oreilles décollées à Madame C.

« Voilà !

« Je suis comme ça, généreuse ! Vous me jugez excentrique, dévergondée, je sais, vous avez peut-être raison, mais je ne suis pas que ça. Je dis ce que je pense, c'est mal élevé, n'est-ce pas ? Parfaitement mal élevé, le vernis craque, ce n'était que mon éducation. »

Comme toi, Else, quand tu es partie, tu leur as balancé avec délice leurs quatre vérités. Les royautés baguées, couronnées, et leur tralala ont comme tout le monde des secrets, des frustrations, des solitudes, des fragilités et des chagrins, bien sûr ! Leurs chagrins d'amour résonnent d'autant plus fort qu'ils sont proscrits ici. Interdit de ne pas être heureux, ou plutôt de ne pas montrer que l'on est heureux, rayonnant de bonheur, l'intérieur importe peu, à chacun de s'en débrouiller. Dans les palais, les plafonds sont hauts, les salles vides et glacées, le moindre éclat de voix retentit comme un obus. Quand règne le silence, il faut du courage pour le rompre. Jour de silence. Anne me salue sans prononcer un mot. Parce que je porte un futur roi ? Leurs différends monarchiques m'indiffèrent. Margaret est dans un mauvais jour, se remémore-t-elle le mariage empêché par la reine avec l'homme qu'elle aimait ? Son cœur est brisé à jamais, elle vit avec sa famille, mais les ressentiments sont là. Sa sœur a été intraitable avec elle. Margaret, tu aurais dû partir avec Peter Townsend ! Oui, il était séduisant, tu aurais dû le rejoindre dans sa maison de Saint-Léger-en-Yvelines, qu'attendais-tu de la royauté ? J'imagine qu'on ne se libère pas de son emprise sans que le tonnerre résonne dans le monde entier. Peter est parti, et tu ne savais pas que le grand amour ne repasse pas plusieurs fois.

Une conversation d'ordre privé avec Anne ou Margaret serait déplacée, leur dire que les faisans sont mes amis autant que les lièvres et les lapins serait une provocation. Charles caresse son Tigga. L'heure du thé n'en finit pas, on se passe les scones et la confiture, finalement la reine évoque la ponte des poules faisanes qui commence en mars et se termine en été. Charles embraye avec la portée d'un fusil de chasse de calibre 12. Tigga vient vers moi. Je le prends sur mes genoux.

En finir avec ce cirque, je veux partir, ils ne s'en apercevront même pas. La faisane pond une centaine d'œufs, c'est passionnant. La portée d'un fusil calibre 12 est d'une cinquantaine de mètres, courez, courez, petits lapins. Moi je veux galoper dans les bois, et quand je serai au galop, déchausser mes étriers et me jeter en pleine vitesse à terre : ils croiront à un accident.

Pourquoi ? Parce que Charles ne me parle pas, il doit avoir trop de secrets en lui, il est bien avec ses pensées, il n'a pas besoin de la réalité. Ses pensées, c'est elle ? Elle dans ses bras ? Forcément.

Si j'étais morte, il dirait sûrement qu'il m'aimait. Oui, j'en suis sûre, le mari des magazines se pencherait sur mon corps, essuierait une larme et m'embrasserait.

Mais vu mon état, aucun palefrenier ne me sellera un cheval. Alors, je vais me jeter dans les escaliers !

La reine ne m'a jamais placée à table à côté de Charles.

Else disait : « Tous des fauves. » Elle aurait pensé la même chose d'une reine qui a empêché le mariage d'amour de sa sœur. « Tous des fauves ! » Voilà. Je reprends son expression.

Charles a dormi dans ses appartements, il avait du travail… Un nouveau cauchemar : la reine, le sourire bienveillant, s'approche de mon lit et m'assène un coup de sa canne. Le cauchemar revient à chaque fois que je ferme les yeux.

La table du déjeuner est rectangulaire, longue à n'en plus finir, les broderies de la nappe changent avec les saisons, les feuilles d'automne succèdent aux coquelicots de l'été ; les chandeliers sont disposés le soir, avec les salières et les sous-assiettes en or. Margaret Thatcher et son mari viennent de nouveau déjeuner. Je suis placée en bout de table, je manque de culture, alors que Charles parle de tout, des théories des économistes ultra-libéraux ou de la crise des pays développés : être prince de Galles est un métier… Le temps est aussi long que la table. Je m'affaisse, ma poitrine se creuse, je les observe, protégée par ma frange.

J'ai suivi les conseils du psy : après le déjeuner, j'ai demandé à Charles si on pouvait se parler. « De quoi ? » m'a-t-il répondu, inquiet. Mon psy ne connaît-il pas les hommes ? Je regrette de l'avoir écouté, les hommes détestent cette formule. Charles fuit et tempête : je crie au loup, il ne m'écoutera pas ! Tentative ratée. Autrement dit, je me fais des idées, je suis folle, nous vivons dans le meilleur des mondes, et moi j'ose l'ennuyer.

Désormais, quand on se croisera, il se dira : « Que me veut-elle encore ? »

Je suis désolée d'inspirer cette pensée, je ne me sens pas bien ici. Balmoral est leur demeure familiale, c'est sacré, je sais ; à Buckingham, il y a une grande piscine à carreaux bleus et blancs, je sais, je sais ; la maison de Highgrove comprend quatorze salons et trois cent soixante-quinze hectares, c'est vaste, je sais ; être assise à la table de la reine est un immense honneur, je sais ; et bientôt les plages de sable blanc des Bahamas, une carte postale, quelle chance ! Alors, comment peut-on être déprimée ?

C'est ridicule. Je sais, je sais, je devrais voir la vie en rose. Je sais, je sais que peu de personnes comprennent et pardonnent les maladies de l'esprit au paradis.

Les maladies de l'esprit sont interdites au paradis.

Trois cent soixante-quinze hectares et quatorze salons ! Je devrais sauter de joie comme une imbécile, sans doute ne le suis-je pas assez.

Tout va bien, sauf une chose, toi, et sans toi un peu aimant, rien ne peut aller. Charles, les soupçons, ceux que tu sèmes partout où que tu passes, rongent mon esprit et mon âme, abolissent mon raisonnement et ne s'effacent pas avec le temps. J'ai mal dans ma tête, j'ai mal dans mon corps, un mal nouveau, Charles, c'est toi que j'ai épousé, pas la piscine, ni madame Thatcher. Je suis malade…

Mademoiselle Else disait : « C'est vous qui avez fait ça de moi […], c'est vous qui êtes responsables, tous, de ce que je suis devenue, pas seulement papa et maman. »

C'est toi qui as fait ça de moi, j'ai nourri trop de rêves en t'épousant. Charles, tu m'entends ? J'ai attrapé le mal de vivre, je n'en souffrais pas avant de te connaître. J'ai eu une enfance compliquée, mais j'aimais rire, danser et m'amuser. J'ai adoré vivre à Londres avec Anne, Virginia et Carolyn. C'est dans notre appartement que j'ai passé les moments les plus heureux de ma vie, pas à Clarence House, ni à Buckingham, ni à Kensington. On verra à Highgrove, mais c'est si près de la maison de Camilla, tu l'as fait exprès ? J'y ai passé trois nuits, tu étais à la chasse, je me suis sentie mal dans ce château, c'est beau, et alors ? J'avais envie de rejoindre ma colocation.

Charles, écoute-moi, je t'en supplie ! Écoute-moi, on pourrait arranger la situation, je te comprendrais et tu me comprendrais. Je suis capable d'admettre que tu aies une amie chère. Mais alors, pourquoi ne partageons-nous pas des moments ensemble, tous les trois ?

Charles a claqué la porte et il est parti vers les écuries.

« Si j'étais magicienne, je me transporterais au loin, dans un autre coin du monde. » Else et moi pensons la même chose…

Else, les baguettes magiques n'existent pas… et je n'ai pas le courage de partir. Il me faut encore du temps, un jour, je claquerai la porte.

L'histoire n'est pas facile à raconter, elle n'est pas à mon avantage, je sais que le désespoir n'est pas raisonnable, seuls ceux qui l'ont traversé me comprendront.

J'ai monté les marches une à une vers ma chambre, mon ventre me tiraillait. Une fois arrivée en haut, j'ai été prise d'une envie irrépressible d'en finir avec Charles, je ne supportais plus de le voir fuir dès que j'ouvrais la bouche,

J'ai vacillé sur la dernière marche, j'ai fermé les yeux, et je me suis laissée tomber.

La suite, la voici. Je suis dans un nuage, j'ai mal à la tête, au ventre, j'ai un peu de sang sur la main. Au-dessus de moi, je sens le parfum de rose fanée de la reine, son visage est si près du mien que je perçois son souffle, sa lèvre inférieure tremble. Je reconnais sa voix :

– Elle est tout à fait consciente…

– Elle entend ? Que s'est-il passé ?

On me transporte, le visage affolé de la reine flotte toujours au-dessus du mien, elle demande un médecin d'urgence, je suis enceinte, le bébé !… On appelle Charles. Des visages m'observent, plusieurs visages. « Elle est tombée, non, elle s'est jetée ! Et le bébé ! Le bébé ! » Des cris d'affolement, le bébé… Je porte le trésor.

– Quel scandale ! Elle est folle ? Dépressive ?

Ils vont m'envoyer à l'asile…

– Maman ! s'écrie Charles en accourant.

– Que s'est-il passé entre vous ?

Charles et sa mère parlent tout bas, mes sens sont aiguisés. Il ne répond pas à sa mère, il constate, puis déclare :

– Elle est évanouie ? C'est une crise d'hystérie…

– Ne prononce pas ce mot, on entend très bien dans l'état où elle est.

Je les entends, oui, mais je suis incapable de bouger les lèvres. Que m'arrive-t-il ? Et si j'étais morte ? Je rêve ? À présent, c'est le visage de Charles qui s'approche à quelques centimètres du mien, je l'ai entendu dire que j'étais hystérique. Je le vois flou, il me tend un verre d'eau, un cachet. Il veut m'empoisonner ? Je lève la main, le verre est à terre, en morceaux. Un homme balaie, un autre soulève mon pull, colle un stéthoscope sur mon ventre, il écoute le cœur du bébé, puis le mien, le bébé va bien, mon pouls est rapide mais régulier, nous sommes vivants tous les deux, avec des hématomes.

Charles, je t'en conjure, je ne veux pas mourir, ce n'est pas le médecin qui peut me sauver, mais toi, je veux juste que tu m'écoutes. Charles, je t'en conjure, il est encore temps, je ne veux pas tuer notre bébé. Ton silence est l'unique cause de mon désespoir. Charles, où es-tu ? Dans quel ailleurs ?

Je ne voulais pas mourir. J'en ai seulement pris le risque. Quand j'étais évanouie, je me voyais courir seule dans le désert. Je ne veux pas voler dans le ciel, pas tout de suite, je ne suis pas immature. Je ne conseillerais à personne la royauté comme cure de remise en forme, vingt ans, pas encore un an de mariage et déjà une rivale… Il paraît que ma tempe était à quelques millimètres de la dernière marche, si ma tête avait cogné dessus, je serais morte. Mais je bouge, je suis en vie, il faut encore affronter Charles.

Nous sommes partis aux Bahamas. Mes plaies ont cicatrisé, il me reste juste quelques marques bleues sur le ventre et sur les jambes. Charles me regarde du coin de l'œil, l'air méfiant d'un homme qui découvre que sa femme est dangereuse, violente, capable de n'importe quoi, de se jeter enceinte du haut d'un escalier, et pourquoi pas de lui donner un coup de couteau ? Il est inquiet. Je suis désolée. C'est absurde et faux de dire que je ne l'ai pas fait exprès, je l'ai fait exprès, mais mon geste était irrépressible.

Moi : Je regrette…

Lui : Vous aimez vous donner en spectacle.

Moi : Vous n'avez rien compris.

Un autre genre de spectacle s'ensuit : des paparazzis, planqués derrière un rocher, m'ont prise en photo sur la plage. Je suis en bikini, et contre toute attente, je n'ai pas l'air grosse, plutôt d'une femme jolie, bien faite, mes jambes sont fines, je sors de l'eau avec grâce.

On m'a comparée à Bo Derek, à Ursula Andress, que des stars, et pour la première fois, j'occupe seule la page entière d'un journal ! Je dois avouer que la photo est plutôt à mon avantage. D'ailleurs, je ne me reconnais pas. J'étais une Anglaise ordinaire, le visage rond, les cheveux blonds et trop fins. Je ne ressemblais pas à « cette sirène qui sort des flots », comme ils écrivent.

Mon corps est longiligne malgré mon ventre rond. Mes cheveux mouillés sont coiffés en arrière, mon visage est dégagé, libéré de son casque à frange.

Une autre feuille de chou m'a comparée à une Marilyn Monroe des années quatre-vingt, la comparaison a été reprise par le *Daily Mail.* Je suis blonde, moi aussi. Suis-je donc devenue belle ? Ce cliché flatte quelque chose d'inavouable en moi, mon ego plus que mon narcissisme.

« La Marilyn Monroe des années quatre-vingt » n'a plus besoin de Charles pour susciter de l'intérêt !

Loin de la persécution journalière des paparazzis à Londres, un photographe local m'a involontairement aidée à retrouver un peu de confiance en moi. Ce n'est pas de la façon la plus valorisante, je le sais bien, mais la place occupée dans les médias compte pour la famille royale.

Ma visibilité soudaine est une catastrophe pour Charles.

Nos hôtes, les petits-enfants de Lord Mountbatten, Penny et Norton, me considèrent soudain différemment. Il suffit de peu pour modifier l'attention qu'une personne vous accorde.

J'ai gagné le gros lot en un seul cliché. Les femmes de chambre me complimentent : « *Ma'am is beautiful, we love you !* » Les larmes me montent aux yeux, je suis mieux aimée et soudain, j'existe, même sans Charles !

Une existence sur le papier qui devient la mienne, mieux que dans la réalité, quelque chose de moi se dédouble. Je vois la plage, les palmiers, l'eau transparente, cette fille jolie, enceinte, mariée au prince d'Angleterre, et je me dis qu'elle a une belle vie.

La réalité n'a rien à voir avec les images de Barbie au pays des merveilles.

La famille royale est furieuse, je la déshonore. La reine ne s'est jamais, au grand jamais, montrée enceinte. Charles est contrarié, pas tant par mon impudeur que par la place que la presse me consacre. Il semble que le début d'une compétition se joue entre nous. Jamais je n'aurais imaginé ce scénario possible : Mademoiselle Spencer contre le prince Charles d'Angleterre ?

Ce 27 février 1982, jour où l'Angleterre et les Bahamas découvrent mon ventre rond, est vécu dans le palais comme un jour noir pour le journalisme britannique. N'est-ce pas exagéré ? Entre la reine et moi, la bataille est déclarée.

Notre attaché de presse, Dickie Arbiter, risque sa place : « Pourquoi Charles n'est-il pas sur la photo ? » C'est un scandale, une absurdité, il est le prince d'Angleterre, le fils de la reine, le futur roi d'Angleterre !

Depuis quelque temps, le moindre de mes brushings déclenche des commentaires. Ma photo à la une d'un journal inquiète la famille royale, plus que mon corps inerte en bas d'un escalier.

Que se passe-t-il ? Sarah m'a appelée pour me dire qu'à Londres la rumeur court, la reine s'agace : « Diana prend trop la lumière et elle intéresse la presse plus que Charles. » La représentation publique est importante pour la famille. Carolyn s'étonne que je ne prenne pas conscience de l'impact de mon image, selon elle, je peux conquérir le monde avec mes sourires.

Carolyn, tu plaisantes ?

Je marche derrière Charles, et au sein de la ruche royale, je n'ai pas plus de valeur qu'une abeille ouvrière.

Charles m'a confié la décoration de Highgrove. Il dit aimer mon sens des couleurs, alors que, mis à part deux posters d'Elton John aux murs de ma chambre de jeune fille, je n'ai jamais fait mes preuves. Il veut se montrer gentil. Tant mieux.

Maman m'a conseillé de me faire aider, la difficulté consistant à intégrer dans un château déjà plein des objets du garde-meuble royal nos cadeaux de mariage : la commode du duc et de la duchesse de Westminster, une sculpture offerte par les Bermudes, des fauteuils Regency…

Allers-retours incessants entre Buckingham où nous sommes momentanément installés, Kensington et Highgrove en travaux. Mon état m'oblige à me poser à Highgrove. Ma boulimie et mes nausées matinales me rendent la vie compliquée.

À la tombée du jour, nous nous sommes installés dans le jardin d'hiver, à l'heure où la campagne anglaise s'enveloppe de tranquillité, Charles, qui a identifié les hululements d'une chouette, voudrait m'apprendre à les reconnaître et à écouter la mélodie d'un ruisseau, le craquement d'une branche, ce fond sonore qu'il adore et qui l'apaise. Je tends l'oreille, les bruits de la nature, bien qu'ils ne me soient pas indifférents, ne suffisent pas à étouffer mes questionnements. Je veux que Charles me dise pourquoi il a choisi Highgrove. En fait, je le sais, alors, pourquoi lui poser la question ? Qu'est-ce que j'espère ? Qu'il efface le passé ? Les millions dépensés pour être près d'elle, telle est la réalité. Charles déjoue mon piège en prétendant qu'il rêve de Highgrove depuis longtemps pour y faire son jardin. Je sais maintenant que je ne cherche même plus la vérité. Je cherche juste un mensonge tendre et crédible, qui m'aiderait à aimer cette maison.

Charles est bloqué dans le silence. Cette fois, c'est le silence d'un homme exaspéré, il pense que je suis « égoïste », mais je ne parviens pas à déceler s'il est exaspéré parce que je gâche une belle soirée ou parce que je ne suis pas la princesse qu'il attendait, celle qui accepte la vie privée de son mari.

J'avais entendu ma grand-mère dire que son mari était « au poulailler » en riant. Je n'ai compris que bien plus tard de quel genre de poulailler il s'agissait. Les incartades de Charles ne me font pas rire. Je ne ressemble décidément pas à ma grand-mère.

La mèche est allumée, la dispute imminente. Je lui rappelle que son mutisme me pousse à des extrêmes.

Charles ne s'est pas enfui, il reste à cause de la crème glacée. Il adore la glace à la pistache. J'en profite pour lui glisser un de mes airs favoris : tu ne donnes aucune chance à notre mariage et je sais pourquoi. Comme il n'a pas fini son dessert, j'ai le temps d'ajouter qu'il se trompe de cible quand il me rend responsable, ses parents lui ont imposé notre mariage et il n'a pas eu le courage de refuser.

Il pose sa cuillère, étonné.

– Vous êtes enceinte de huit mois et demi, vous devriez changer de conversation, ce que vous dites ne rime à rien.

Je réplique aussitôt :

– C'est votre mère qui vous a empêché d'épouser Camilla, pas moi. Vos reproches sont mal dirigés. Vous vous acharnez à lui montrer à quel point elle s'est trompée, combien vous êtes malheureux avec Diana…

– Cette brillante analyse est l'œuvre de votre psy ?

Charles, tête baissée, racle le fond de sa coupe, les mots glissent sur lui comme la pluie sur ses tenues de chasse.

Nous ne nous disons rien de nouveau et le temps passe…

Ces retours en arrière m'épuisent, les psys ont un nom pour ce mal, le docteur Alan McGlashan me l'a appris : *la répétition pathologique*. Depuis, je me sens moins incomprise et presque rassurée : mon mal existe. Il a un nom.

Charles semble s'apprêter à sortir. Pour le retenir, je lui demande de m'emmener à l'hôpital.

Il me traite d'insensée, à moins de neuf mois, il n'en est pas question, seule la nature décidera du moment.

– Reste avec moi, s'il te plaît.

Charles me regarde et, contre toute attente, il glisse ses doigts autour du nœud de sa cravate, tire dessus, redresse le col de sa chemise d'un geste assuré, soupire, me regarde, légèrement défait, et jette la cravate sur mon lit, vaincu.

Charles, j'aime tellement te regarder enlever ta cravate.

Les douleurs se sont déclenchées dans la nuit.

Charles a conduit lui-même la voiture jusqu'à l'hôpital St. Mary.

L'accouchement a duré treize heures. Charles ne m'a pas quittée. Je ne sais pas si je pleurais parce que j'avais mal ou parce que Charles me tenait la main.

Le bébé est né.

Charles a un fils, il en a oublié son jardin, le « reflet de son âme », c'était avant William.

Nous posons devant l'hôpital, lui, pochette rose, raie sur le côté, blazer marine et cravate club, tenant notre fils dans ses bras, moi, sourire sous la frange, le même que le jour du mariage, robe large à pois vert laitue, la personne « magique et captivante » a disparu. J'ai l'air d'une bête traquée.

Les lettres de félicitations et les mots affectueux affluent ; je ne connais pas les gens qui m'écrivent, mais ce vent est doux. Je réponds au vent par le vent, mes réponses s'envolent vers des inconnus. Les fleurs inondent ma chambre et les cadeaux envahissent les halls de Highgrove et de Kensington.

De retour à Highgrove House, j'ai fait enlever les fleurs de ma chambre, les bouquets se chevauchaient comme chez un fleuriste. Mes draps brodés à l'excès ressemblent à ceux de notre nuit de noces. Le désordre mental qui a mené Else à sa propre destruction me guette, je dois résister. Si la tristesse est une maladie, il est inutile de me torturer à essayer de comprendre pourquoi je l'ai attrapée. Je l'ai attrapée, un point c'est tout.

Juste me mettre au lit et attendre que cela passe, que mon corps devenu tranquille apaise mon esprit.

Mais mon corps n'a rien à voir avec mon esprit. L'agitation est ailleurs, elle prend racine dans la tête de Charles, et je la capte comme un émetteur-récepteur.

La valse des psychiatres recommence.

Les docteurs McGlashan et David Mitchell, le professeur Michael Linnett, chacun a sa méthode. McGlashan en appelle à Jung, Linnett s'inquiète de ma santé physique et essaie de me faire reprendre du poids. Mitchell remporte le gros lot avec sa bonhomie. À lui, j'ai avoué mon désir de me faire mal, à commencer par les incisions que je m'inflige, je soulève ma jupe et je lui montre mes cuisses scarifiées. Les plaies sont fraîches et spectaculaires, de profonds sillons de sang à peine séché partent du genou et montent jusqu'à l'aine.

Il demeure un instant saisi, le contraste du jupon en

dentelle et des cuisses entaillées, c'est un peu l'histoire de ma vie.

Il ne tente pas de me raisonner, de s'insurger, il s'approche de moi avec précaution, s'exprime avec douceur, je suis devenue un flacon de nitroglycérine, il ne me reproche rien, comme s'il n'était pas anormal de s'entailler les cuisses.

– Quel instrument utilisez-vous ?

Le ton de sa voix est d'un calme redoutable.

– J'utilise les lames de rasoir de mon mari. J'appuie sur ma peau avec la pointe et je trace des lignes parallèles. Des gouttes de sang s'en échappent à mesure que la lame glisse. Puis le sang recouvre les lignes, telles des vaguelettes, et les traces disparaissent, reste le sang.

– Votre époux a vu vos blessures ?

– Nous faisions chambre à part. Je voulais le ciel, j'ai eu l'enfer, j'ai abîmé les jambes qu'il trouvait jolies.

– Pourquoi ?

Selon le docteur Mitchell, mon acte traduit « une coupure symbolique du lien entre Charles et moi ». Une *coupure*, on ne peut mieux dire. Mais les mots ne m'ont jamais soignée, même quand ils tombent juste.

Après un long silence, le docteur Mitchell me demande si j'ai essayé de me faire du mal d'une autre manière. Les scarifications ne lui suffisent pas ?

– Else a pris du Véronal pour mourir, moi des somnifères.

– Qui est Else ?

– Une héroïne de roman. Ils ont essayé de l'assassiner et ils ont feint de l'ignorer.

– Pardon ?

– Tous des assassins ! Dorsday, Cissy, Paul, Fred, et aussi sa mère.

– Qui sont ces gens ?

– Les personnages d'un roman : elle s'est tuée, c'est ce qu'ils prétendront.

– En quoi cette histoire nous intéresse-t-elle ?

– C'est eux tous, eux tous qui l'ont tuée. Elle est étendue au sol, les yeux clos, évanouie. Jamais plus ils ne reverront ses yeux. Elle s'est mise nue pour sauver son père. Elle aurait voulu s'expliquer, mais elle a avalé dix Véronal. Elle ne voulait pas mourir. Elle supplie qu'on la sauve, elle est si jeune, elle a encore envie de voyager, de danser, de se marier un jour… Moi aussi, j'ai avalé des cachets sans vouloir mourir, avec l'envie de me marier à un autre homme ou de recommencer avec Charles un autre mariage, cette fois-ci, ce serait lui qui me choisirait, pas sa mère, pas les grands-mères. Ils ont pris le strip-tease d'Else pour une crise d'hystérie…

– Vous parlez d'Else, pas de vous ?

– Je parle de moi au travers d'Else, c'est plus simple. Après avoir avalé mes dix cachets, j'ai cru que je m'endormirais pour toujours, et j'ai regretté, comme Else, je ne voulais plus mourir. C'était trop tôt, j'ai encore quelques années à vivre avant de mourir, il sera toujours temps d'avaler du Véronal. Je vais essayer de me faire aimer, d'aller vers ceux qui me prêtent attention, de dire la vérité.

– Quelle vérité ?

– Notre vie somptueuse est misérable. C'est le vide ici, la parodie, vous êtes au château des quatre vents et du mensonge. Charles aime une autre femme et parle aux fleurs, il continuera le temps que durera leur séparation.

– Il parle aux fleurs ?

– Oui, aux fleurs et aux arbres aussi.

– Je vois.

Charles parle aux fleurs, je me scarifie...

Fergie m'a conseillé sa voyante.

Celle-ci me vend un avenir radieux, mais je ne vois rien venir.

Carolyn m'envoie son kinésithérapeute, il pose ses mains sur moi et dit me « connaître de l'intérieur ». Je n'aime pas l'idée qu'une personne me connaisse de l'intérieur... D'ailleurs, mon mal persiste. La dépression cohabite avec la joie de la maternité. Cette joie sans bornes dans mon cœur ne m'a pas sortie d'affaire.

Charles se plaint ? Sûrement. Il n'en peut plus de vivre avec une femme déprimée. Mais je suis déprimée à cause de lui et de Madame C. Il est incapable d'arrêter de la voir, et moi incapable d'accepter. La famille peut mettre autant qu'elle veut de bijoux, de titres et de couronnes dans la balance, le poids n'y est pas. Madame C. et moi aimons le même homme, et elle a sa préférence.

Mes paupières sont gonflées à force de pleurer. Je porte des lunettes noires quand je sors, Charles m'a psychiquement battue. Il croit mon cœur résistant, mais à force de frapper, il va le briser. Je l'ai encore surpris au téléphone. Il prétend que je l'espionne.

Charles, contrarié dans ses désirs, pique des colères d'enfant, fracasse un vase chinois du XVIIe siècle, jette un livre à travers la pièce et manque de m'atteindre en pleine tête. Mon petit frère faisait des choses semblables quand il avait cinq ans. Je n'ai qu'à me taire, j'ai évité le livre.

Me taire, pourquoi ?

Parce qu'un jour, dans la salle du trône, je serai assise dans un fauteuil cramoisi brodé à mes initiales. Je serai l'épouse délaissée mais officielle du roi. De quoi je me plains ? Deux pantins couronnés seront assis côte à côte, et le monde continuera de croire aux contes de fées.

À moins que je ne quitte le théâtre avant la fin de la représentation. Je n'en ai pas parlé au docteur Mitchell, il aurait peut-être approuvé, malgré tout le respect qu'il porte à la monarchie.

Else a ingurgité des médicaments. Moi, je peux mourir autrement, par exemple, monter dans ma voiture, appuyer à fond sur l'accélérateur, foncer vers un mur, j'entendrais un bruit effrayant, je serais coincée dans une montagne de tôle, du sang coulerait de mon oreille. Je dirais : « Mon Dieu, que s'est-il passé ? » Je serais à moitié morte, puis morte… Morte, j'atteindrais enfin le cœur de Charles. La pitié le conduira vers moi.

– Mais non, Duch, au point où tu en es… résiste ! Tiens le coup si tu veux entrer dans l'histoire.

Qui parle ? Ma sœur Jane. Je ne suis pas cette femme-là. Je sais que tout avoir, ce n'est rien sans l'amour, j'en ai fait les frais.

La Couronne a commis une erreur en me choisissant. Un mariage n'est pas une équation mathématique ni un test chromosomique. Quelle aberration !

Quel sort m'attend si je me rebelle ?

Les choses ont peu changé pour les femmes depuis le XIXe siècle en Angleterre. Charles pourrait reprendre mes titres, mon enfant, m'intenter un procès. Je suis surveillée, il y a des caméras cachées dans les couloirs et des mouchards renseignent Buckingham sur Kensington. Est-ce une façon d'accumuler des preuves contre moi ?

Nous devons partir six semaines en Australie et en Nouvelle-Zélande représenter le Royaume-Uni. Il n'est pas question pour moi de laisser William. Charles prétend que les enfants n'ont jamais accompagné la reine Élisabeth durant les voyages officiels.

– Je suis une mère, pas une reine, lui ai-je répondu.

– Pas encore…

Charles prononce ces mots et rien en moi n'y adhère.

Je ne m'imagine pas reine. J'ai l'impression de l'entendre parler d'une autre personne.

Charles a fini par accepter que j'emmène notre fils en Australie.

« Une belle femme blonde vêtue d'une robe de mousseline blanche, d'une capeline de paille, descend de l'avion derrière le prince Charles. Il s'agit de la princesse de Galles, Lady Di ! Une star ! »

La presse se déchaîne, personne ne sait que c'est d'une main tremblante que je tiens la rampe. J'emboîte le pas à Charles sur le tarmac de Sydney, mais c'est mon prénom que le public scande.

Incroyable, la foule m'acclame.

Charles est de mauvaise humeur. Je suis à la une de tous les journaux locaux, tous reprennent la même accroche : « La star de la famille royale », et c'est de moi qu'il s'agit. Je redoute les réactions du palais.

Les journalistes ne m'aident pas quand ils écrivent : « Le prince endosse depuis quelque temps le rôle de *figurant* à côté de Diana. »

En public, Charles fait mine de bien le prendre, il plaisante, joue le mari modeste, heureux d'être éclipsé par son épouse, il nous compare à John et Jackie Kennedy, il n'est que *le mari de Diana*… Sympathique, mais en privé, il fulmine et ne cède pas facilement sa place. Il m'accuse de faire du charme à la caméra.

Drôle d'idée que celle d'une caméra qui tombe amoureuse de moi. Rien n'arrête Charles en colère, pas même la plus absurde des hypothèses.

J'ai l'impression de devenir schizophrène, j'ai deux maris, Charles qui rit et Charles qui grogne. Nous sommes deux schizophrènes puisque je souris devant les photographes et que je pleure en rentrant à l'hôtel.

Ma vie se divise en un moi social et un moi privé aux antipodes l'un de l'autre. Les acclamations ne cessent pas, des hommes et des femmes crient : « *Diana, we love you !* » dès que j'apparais. Comment me réconcilier avec Charles dans ces conditions ? On essaie de me toucher, de m'embrasser, de me parler, on m'offre des fleurs, des mots. Les gens disent que je leur ressemble, que je suis plus humaine que tous les membres de la famille royale.

L'attention que l'on m'accorde aggrave ma relation avec la reine. J'ai besoin de me justifier : le public est venu à moi sans que je le cherche, contrairement à ce que pense la famille royale. Que j'en profite, que j'y trouve du réconfort est une autre histoire. Charles, à force de me rejeter, m'a poussée vers ceux qui m'accueillent chaleureusement. Le public me renvoie une image plus flatteuse que celle d'une femme délaissée. Je n'en reviens pas, pour certains je suis une icône, pour d'autres une sorte de sainte laïque qui embrasse les malades. L'idée de me libérer me vient d'eux, du courage qu'ils me donnent. Je deviendrai leur princesse, la princesse des cœurs.

Je n'ai pas réussi à séduire un homme, je vais les séduire tous.

Je prends ce qui vient à moi, je m'abreuve de ce réconfort, même s'il est artificiel. J'étais isolée, la célébrité a frappé à ma porte, je l'ai accueillie, je l'ai serrée dans mes bras. Elle est venue me sauver.

Les acclamations ont adouci ma peine. Les mots d'amour qui s'élevaient de la foule m'ont rassurée, ils étaient un bras autour de ma taille.

Tout cela me redonne vie, on me dit « douce, compatissante, incroyablement solaire », je suis « la princesse du peuple ». Digne d'amour, je me suis redressée, la célébrité m'a emportée dans son pays de carton-pâte et de bravos.

Grâce à ces sourires, ces marques de considération, ces écrits, ces paroles, je me sens utile, ma situation va m'aider à sauver des enfants, des malades, des démunis, à leur apporter de l'amour et de la chaleur. Je veux, plus que tout au monde, les aider. Et j'ai plus besoin d'eux qu'ils n'ont besoin de moi. Je veux être différente, proche, sincère, bannir l'arrogance.

Le pique-nique en famille devant les caméras est contre toute attente un moment d'apaisement pendant ce voyage. Notre petit garçon joue sur la nappe entre le jus d'orange et les toasts au poulet, entre papa et maman. Une scène ordinaire de la vie d'une famille, excepté la pluie de flashs qui s'abat sur nous. J'absorbe le faux comme le vrai, la différence est difficile à établir tant notre vie publique est mêlée à notre vie privée. Charles me prend la main devant les photographes et je me demande si c'est le geste d'un mari amoureux ou celui de l'acteur de Buckingham Palace.

Il fait chaud. Malgré ma capeline d'organza, la tête me tourne, j'ai tenté de résister pour ne pas perdre conscience, Charles serait contrarié si je m'évanouissais. Je lutte, j'ai presque gagné… pas tout à fait. À demi consciente, j'entends la voix de Charles :

– Si elle doit s'évanouir, qu'elle le fasse à l'abri des regards.

Mes dames de compagnie m'aident doucement à me lever, ma femme de chambre m'asperge le visage d'un peu d'eau, tandis que Charles, droit dans sa veste saharienne, me lance un regard plein de reproche.

J'aimerais ne plus l'aimer. Ce serait la meilleure solution. Je ne l'ennuierais plus, il ne me blesserait plus.

Je pourrais simplement détester son intransigeance.

Le soleil n'est pas la seule cause de mon malaise, je ne me nourris presque plus. Une barre chocolatée par jour me suffit, je n'ai pas faim. Charles se révolte, pas seulement contre l'évanouissement, il s'agace de ma phobie de la nourriture et de ses conséquences. Il pense qu'un peu de volonté suffirait à en triompher. Il ne comprend rien à l'anorexie, au couteau que je retourne contre moi.

Mes dames de compagnie me ramènent à l'hôtel. Pour la première fois, à cause des rumeurs sur notre couple dont la presse se fait l'écho et dont elles sont les témoins privilégiés, elles osent aborder le sujet de ma tristesse, visible sur certains clichés. Par exemple, la photo de Charles et moi dans un carrosse en visite officielle, lui le regard droit, impassible, moi la tête baissée pour cacher mes larmes. Nous nous sommes enlacées, mes dames et moi, sans un mot, fortes de la solidarité qui unit les femmes mal aimées.

Malgré les larmes et l'évanouissement, ce voyage s'avéra un succès pour moi, plus que pour Charles dans sa tenue d'aventurier.

Sitôt arrivé à Londres, Charles a renvoyé le pauvre Michael Colborne. Pauvre Colborne, Charles n'intéresse pas suffisamment la presse, ou plutôt, il l'intéresse beaucoup moins que moi. Il lui fallait un responsable. Je suppose qu'il reproche aussi à Michael son manque de vigilance dans l'affaire du bracelet. Je m'étais accusée, mais cela n'avait servi à rien.

Je suis de nouveau enceinte ! Il a suffi d'une courte réconciliation entre deux disputes. Notre vie n'est faite que de brèves accalmies entre deux orages. Coup de frein et redémarrage. Bonne volonté. Mauvaise volonté. Attirance et obéissance. Un chaos.

Installés à Highgrove, nous traversons un moment d'apaisement. Charles, un chapeau de paille sur la tête, a retrouvé son jardin « son laboratoire d'idées » censé refléter son « for intérieur ». Le jardinage l'occupe presque à plein temps, il est devenu savant en botanique, son potager est un modèle économique et écologique. Il murmure à l'oreille de ses arbres centenaires et encourage ses nouvelles plantations. La marquise de Salisbury est son professeur : « Il suffit de s'adresser aux plantes et aux légumes avec affection et conviction, ils seront très réceptifs. »

J'aimerais me transformer en pivoine, en une belle *Paeonia lactiflora* ou Coral Purple – je connais ces noms grâce à Charles qui les répète souvent avec émerveillement.

Le bonheur pour moi ressemble à un mari qui s'intéresse aux pivoines chinoises plutôt qu'à une dame anglaise.

L'idée que la famille s'agrandisse a l'air de lui faire plaisir, la famille unie que nous formerons semble être un de ses rêves, il s'imagine en père modèle, emmenant ses enfants au jardin, leur enseignant l'écologie.

Le soir venu, Charles me propose un cocktail, une recette rapportée de notre voyage en Australie, il l'exécute lui-même à l'aide d'un shaker qu'il secoue comme un professionnel. Chez les Windsor on soigne la mélancolie à coups de cocktails, comme chez les Spencer. Mon père ne s'en privait pas et lui aussi savait manier le shaker. Ici, dans le Gloucestershire, le spleen règne en maître à la tombée du jour.

Charles n'est jamais saoul, il devient juste différent après deux verres. Son visage rougit et ses yeux se fixent plus longtemps sur les choses, comme si les détourner le fatiguait. Quand son regard se pose sur mon ventre arrondi, il semble plongé dans d'insondables réflexions.

Les accalmies sont de courte durée. Depuis quelques jours, Charles trépigne, le jardin ne lui suffit plus. Il ne se contente plus de téléphoner à Camilla. Des signes inquiétants apparaissent : messages tardifs, absences inexpliquées, quelques autres changements minuscules. Il veut déjeuner tôt, léger, juste quelques tomates de son jardin, c'est-à-dire presque rien, et disparaître ensuite. Un second déjeuner l'attend. Même chose le soir. Je suis devenue experte en détection de roueries.

Les bruits de couloir vont bon train à Highgrove et Kensington. Le personnel, qui a compris que Charles menait deux vies, prend parti : certains pour l'épouse délaissée, d'autres choisissent le pouvoir, Charles, quoi qu'il fasse. La presse s'en mêle, le porte-parole de la reine aurait qualifié notre relation de « bruyante ».

Notre situation est déséquilibrée, si un autre homme me séduisait, Charles aurait des raisons de me comprendre.

L'idée qu'un amant ait manqué à notre couple est

à mourir de rire ; notre couple prend l'eau, le navire coule, à cause de ma fidélité.

Charles jongle entre mensonge et vérité, entre devoir et plaisir. Les ragots circulent, enflent et désenflent, se déforment, chacun y ajoute un épisode selon le parti qu'il a choisi.

Je vais finir comme Anne Boleyn ou Catherine Howard, mais on ne me coupera pas la tête à la hache, il existe à présent d'autres façons d'exécuter les femmes à la cour d'Angleterre. Trop de consanguinité a rendu ces rois fous. Charles descend d'eux, il passe d'une exquise courtoisie à l'irritabilité, des baisemains au lancer d'assiettes.

Les démissions s'accumulent autour de nous ainsi que les fausses interprétations. Le *Times* me prétend responsable du départ de Stephen Barry, le valet de Charles, alors que je l'adorais. Le même journal m'accuse d'être dépensière, il suffit d'une photo de moi devant une boutique pour en accréditer l'idée. Je soupçonne le porte-parole de la reine, proche du *Times*, d'inventer des ragots pour nuire à ma popularité et, par la même occasion, pour remonter celle de Charles, qui supporte une épouse écervelée et sans cœur. Je ne proteste pas, l'accueil que le public me réserve contredit ces accusations.

Charles souhaitait une fille. L'échographie montre un garçon. Comment lui annoncer ? Ce sera de ma faute.

Seconde naissance. Charles est doublement déçu, non seulement c'est un garçon, mais en plus il est roux comme un Spencer !

Et sur ces mots, il part jouer au polo. Je n'ai plus aucun moyen d'attendrir Charles, pas même avec mon bébé entre mes bras.

À partir de cet instant, quelque chose meurt en moi. « Roux comme un Spencer », il ne s'agissait pas d'un trait d'humour, mais du rejet de ce que je représente et de son infini mécontentement.

Je suis passée de la boulimie à l'anorexie. La stabilité de l'appétit m'est étrangère. La reine déjeune presque tous les jours d'une tranche de saumon et de pommes de terre vapeur, elle attend l'heure du thé pour partager quelques biscuits avec ses corgis, et le soir elle aime un potage, une tranche de gigot à la menthe et un fruit comme dessert.

Moi, j'avale tout ce qui me passe à portée de main, je commence par des glaces et je finis par de la charcuterie, qu'importe, je connais la solution pour ne pas grossir. La plus violente, soit. Je hais mon corps, mon corps indiscipliné, avec ses exigences, ses manifestations, ses excès, ses tourments et ses punitions. Mon corps insatisfait, inconsolable que je me sois trompée d'homme.

Mon visage s'est creusé, mes problèmes alimentaires sont visibles. Des journalistes ont expliqué ma disparition estivale à Balmoral par la chirurgie esthétique. J'ai dû changer, mais j'ai seulement coupé mes cheveux parce que je les perds, et cela me donne un air plus décidé.

Fergie est arrivée dans l'univers Windsor comme un soleil.

Sa vitalité, sa joie contrastent avec le ton blasé de la famille. Elle s'enthousiasme d'un rien, rit à tout bout de champ, courtise les uns et les autres, complimente la reine, le prince Philip, remercie sans cesse. Du jamais-vu à Balmoral. Elle réussit partout où j'ai raté. C'est un chien fou, mais de bonheur. Elle embrasse le prince Andrew devant nous. Rien ne l'intimide, pas même galoper avec la reine Élisabeth, ni prendre le thé en tête à tête avec la reine mère. Elle s'adapte partout, comme à Verbier parmi la jeunesse dorée. Sa romance avec Andrew achève de me désespérer, elle est tout ce que j'aurais dû être et que je n'ai pas su être. Cette pensée me torture, comment être une autre ? La joviale bonne humeur de Fergie contraste avec mon éternelle langueur, son énergie avec ma dépression. Charles ne peut s'empêcher de me le faire remarquer :

– Ne pourriez-vous pas davantage ressembler à Fergie ?

Oui, je sais.

Charles est intraitable avec moi, tout l'exaspère. Je m'évanouis, j'aurais pu attendre d'être dans ma chambre. Je parle, j'aurais mieux fait de me taire. Je me tais, je manque de culture. Je ne ressemble pas à Fergie et pourtant, lorsque nous étions jeunes, nos rires résonnaient du même éclat. Il n'y a pas d'issue pour moi dans la famille royale.

J'ai vingt-cinq ans, une vie de représentation incessante, trois maisons à décorer, deux enfants à élever. Je ne cherche pas d'excuses, je me cherche simplement, dans ce labyrinthe royal où les encouragements n'existent pas.

La presse m'a aidée à ne pas sombrer. Les journaux et le public m'encouragent à continuer ce que j'entreprends, alors que mon mari et sa famille critiquent mes initiatives.

Pas un mot sur mes déplacements dans les orphelinats, les hôpitaux, les écoles ; pas un mot sur les unes que me consacre la presse, surtout si Charles a été exclu de la photo. Personne ne m'adresse un seul compliment, pas même lorsque je donne mon temps aux enfants malades. Ignorance totale.

Charles m'a encore demandé de m'inspirer de Fergie. Il ne parviendra pas à créer une rivalité entre nous. Fergie était mon amie avant de mettre un pied à la cour, nous partagions notre vie avec gaieté et humour. Comme elle, j'aimais la fête, les déguisements, j'étais aussi joyeuse qu'elle. « Notre seule différence, c'est vous. Vous êtes arrivé dans ma vie, et au lieu d'accumuler les flirts, j'ai épousé le prince charmant. Vous me le reprochez ? Aujourd'hui, Fergie et moi sommes dans des situations conjugales très différentes : Andrew l'aime, vous aimez notre voisine. Est-ce la raison pour laquelle vous êtes si dur avec moi ? Je souffre et vous me dites égocentrique ? Vous me comparez à Fergie à haute voix, et en silence à Madame C. Je suis ni l'une ni l'autre, Charles, je suis juste moi. Diana Spencer. »

Je ne sais plus si je lui ai tenu ce discours ou si je l'ai pensé. La marée monte en moi, ce n'est plus la nourriture qui m'étouffe, non, ce sont les mots qui s'accumulent et se bousculent.

Je me suis enfermée dans ma chambre. Un vent de révolte gronde. Un jour, mon vent mauvais soufflera sur Charles. Pas sur Madame C. Après tout, l'histoire n'est pas tendre avec elle non plus. Charles l'aime, mais moins que le pouvoir. Il a choisi d'épouser une fille mieux née pour satisfaire la monarchie britannique.

Les photos sur lesquelles nous avons l'air d'un couple heureux circulent : c'est du cinéma ! Camilla est beaucoup plus forte que moi, Camilla souffre en silence. Elle ne doit pas harceler Charles ; elle est calme, comme si elle attendait son tour. Qui sait ? Il m'arrive d'avoir de l'admiration pour elle, presque de la compassion. Elle aussi est malheureuse.

Malgré tout, sa position est plus enviable que la mienne.

La belle histoire d'amour, c'est eux.

Je ne dois pas penser à elle, elle est aimée, je suis bien placée pour le savoir ; elle est aussi taillée pour résister aux difficultés, une force qu'elle tient sans doute de son arrière-grand-mère, la belle Alice Keppel, maîtresse d'un prince de Galles, futur roi Édouard VII. Les princes de

Galles sont décidément une manie dans cette famille. Madame Keppel ne s'est pas satisfaite d'un lieutenant-colonel de mari comme Madame C. d'un officier de l'armée britannique. La tradition se perpétue, les conjoints finissent par s'en accommoder.

Mes parents, eux, ont refusé un ménage à trois. Est-ce un ménage à trois que la cour exige de moi ? La réticence tardive de ma grand-mère est-elle due à cette information ? Les précédents princes de Galles n'ont pas abandonné leurs maîtresses, ils ont cumulé.

Fergie, si joyeuse à l'idée de se marier en juillet, accroît mon désespoir. Son histoire d'amour commence, la mienne finit. Plutôt, la mienne se termine avant d'avoir commencé.

C'est à ce moment-là que j'ai eu envie de séduire d'autres hommes que Charles. Au début, pour me venger. C'est bas, c'est affreux, c'est banal. Ma situation est la seule excuse que je m'accorde.

Est-ce que Fergie a allumé la mèche ? Mon envie de séduire a précédé une éventuelle rencontre. Je suis devenue une femme accessible avant même qu'un homme se présente. Les hommes sentent ces choses-là.

Lors d'une réception près de Mayfair, le major James Hewitt est apparu au milieu de l'assemblée. Il est grand, beau, plus grand et plus beau que les hommes qui l'entourent. Ses yeux bleus croisent les miens et demeurent sur moi quelques secondes de plus que les convenances ne l'autorisent. C'était la veille du mariage de Fergie. Le message est passé. Un homme séduisant et séduit m'a redonné vie. Il a suffi d'un seul regard pour que mon cœur se mette à battre et que le désir renaisse en moi.

Je suis tombée sous le charme d'un homme.

James traverse la foule un verre à la main. Il me demande si je veux boire quelque chose et m'offre son propre verre : « Vous connaîtrez mes pensées. » Nous nous mettons à rire ensemble. L'air est doux. Il me dit que je suis belle. Je ne plais pas à l'homme que j'aime mais je plais à James, son regard l'affirme. Mon cœur saigne en permanence à cause de Charles, je ne cherche pas à me trouver des excuses, mais un peu quand même, et je me culpabilise de ce qui va arriver. Céder à James, c'est m'avouer que ma relation amoureuse est finie avec Charles. À cette idée, je me sens encore plus désespérée.

J'ai invité James à dîner à Kensington. Ainsi Charles et moi étions à égalité. Égalité ? Pas vraiment, en matière de libertinage, Charles a quelques longueurs d'avance ; je ne fais que suivre ses traces.

Charles a une maîtresse, j'aurai un amant.

J'ai cherché à sécher mes larmes dans les bras de James. Mais pas seulement. Il me plaisait. Il ne suffit pas de céder à un homme pour en effacer un autre. Les bras de James ont éloigné Charles, ils ne l'ont pas gommé. J'ai cumulé la culpabilité et le chagrin. James me réconforte sans me délivrer de ma tristesse.

Nos comportements ne sont pas sans incidence. Charles et moi mettons en péril une famille et l'avenir du trône d'Angleterre. Un geste de lui et je reviendrais. Je pardonnerais. Charles n'a pas fait ce geste.

La femme délaissée a rejoint la petite fille abandonnée. La fatalité se perpétuait. Et pourtant, dans ce qui ressemble à de la détermination, j'ai aimé James sans jamais renoncer à Charles. Charles demeure l'homme dont j'aurais voulu être aimée.

Je veux me confier à la seule personne à laquelle il valait mieux ne pas s'adresser, la reine.

Cette femme qui a si dignement traversé les événements de sa vie est un exemple, le recours ultime. J'imagine qu'elle est capable, d'un coup de sceptre magique, de redresser notre couple brinquebalant. Je veux tenter cette dernière chance, alors, sans le dire à Charles, je demande un rendez-vous à sa mère, la reine Élisabeth.

C'est sûrement une erreur de prendre la reine pour une magicienne ou un confesseur. Mais je suis déterminée.

Je m'incline, elle m'embrasse.

Elle porte un twin-set jaune poussin sur une jupe en tweed, moi un pantalon. Je viens seule, une armée de corgis l'entoure, mes amis Muick et Sandy ont grossi.

La reine, d'un geste que ses bêtes comprennent aussitôt, les renvoie sur les canapés. Elle enlève ses lunettes de lecture pour me dévisager. La mère de mon époux se doute des raisons de ma visite.

Je suppose qu'elle est au courant de ma relation avec James Hewitt et qu'elle la désapprouve. J'en suis glacée… Les renseignements fonctionnent bien au palais. Elle sait combien la liaison entre Charles et Camilla est douloureuse pour moi, une lueur d'indulgence traverse son regard. Je retrouve mon souffle. De nombreux silences ponctuent ce moment. Ni l'une ni l'autre n'est en mesure de s'exprimer librement. Moi parce que je suis en faute, elle, parce qu'elle ne veut pas critiquer son fils.

Le corps secoué de sanglots, je parle de Charles. La reine reste de marbre :

– Un jour, vous serez reine, Diana…, dit-elle pour que je me reprenne.

C'est le rappel d'une femme de pouvoir à une femme qui n'en est pas une. Elle aimerait que je lui ressemble, que je devienne forte et volontaire comme elle, que le devoir passe avant l'amour, que je sois prête à tout accepter pour la couronne d'Angleterre, alors que je ne suis que Mademoiselle Spencer, incapable de me relever si mon cœur est blessé.

Elle pose son auguste main sur la mienne, je dois tenir bon. Je sens sa force et sa chaleur, rien n'y fait. Je ne suis pas née dans la famille royale, je ne suis qu'une jeune Anglaise aux rêves de midinette. Une femme normale, avec des réactions de femme normale. J'aurais aimé lui ressembler, mais je n'ai pas été élevée pour gouverner un pays, je ne suis en charge de rien. Sans l'amour du prince, je n'ai pas de raison d'être, pas même de le suivre un bouquet à la main, c'est ridicule et malhonnête. Charles me chasse en me désaimant.

La reine enserre mon poignet. Je pleure, tête baissée, et quand je me redresse, je perçois un voile sur ses yeux, ma défaite est aussi la sienne. Charles nous trompe. Il avait promis à son père de résister à Camilla au moins cinq ans. Il n'a pas tenu parole. À ce moment-là et pour la première fois, je pourrais l'appeler « maman » comme elle me l'a demandé, je n'ai pas osé.

La reine retire sa main, elle veut sauver notre couple, mais comment lutter contre la volonté de son fils ? Elle s'est opposée au mariage de Charles et Camilla, et résiste à leur rapprochement en refusant de se tenir dans la même pièce que Madame C. Jusqu'à quand ?

Nous nous embrassons, mes pleurs l'indisposent, elle demeure réfractaire à toute manifestation d'émotion.

– Je suis désolée...

Je n'ai pas fini ma phrase, peu importe, l'entretien est terminé.

À peine suis-je rentrée à Kensington que ma grand-mère au bout du fil m'a traitée de « catin ». Pourquoi ? Parce que j'ai rendu visite à la reine en pantalon. Elle était déjà au courant. Ma relation avec James n'arrange rien, de toute façon, elle prend toujours le parti de la royauté.

Après Grannie, Charles m'appelle, exaspéré : sa mère a autre chose à faire que gérer mes problèmes de cœur.

– Mes problèmes de cœur ? Mes problèmes sont vos problèmes !

Cette fois, Charles ne lance pas une potiche par terre mais il articule calmement, comme s'il m'expliquait une chose importante :

– Mon père, le duc d'Édimbourg, que vous ne pouvez pas accuser de ne pas vous aimer, est tombé d'accord sur le fait que, si notre mariage ne fonctionnait pas au bout de cinq ans, je serais libre…

– Libre ? Vous n'avez pas attendu cinq ans, vous n'avez laissé aucune chance à notre mariage, vous n'avez jamais rompu le lien qui vous attachait à Camilla. Votre oncle Édouard VIII a abdiqué pour Wallis Simpson. Vous n'avez pas eu ce courage et vous m'avez sacrifiée pour votre confort. Vous vouliez l'amour et le trône, malheureusement cette femme ne peut pas vous offrir les deux à la fois.

L'enfant gâté est exaspéré.

– Vous me l'avez déjà dit.

L'été 1989.

Pour une fois, peut-être la dernière, la famille était de mon côté…

Un soir à Balmoral, après un des repas préférés de la reine, saumon frais et pommes de terre vapeur, Anne a émis avec le sourire l'idée d'un troisième enfant. Les sujets privés ne sont pas bienvenus, la sœur de Charles ne remporte pas un franc succès. Charles et moi sommes gênés, comme si elle nous commandait de faire l'amour. Charles adresse à sa sœur le regard suppliant d'un enfant qui ne veut pas du jouet qu'on lui propose.

Le père d'Else avait la passion du jeu. Charles a la passion de Camilla. Le jeu était la croix d'Else, Camilla est la mienne. Les dettes de son père, Else les a payées de sa vie, la liaison de Charles a failli me coûter la vie.

Elle nous coûtera notre mariage.

Après les noces du siècle, nous allons inaugurer le divorce du siècle. Un nouvel enfant ne résoudrait pas nos problèmes. Il est trop tard pour reconquérir Charles.

Le maître d'hôtel – celui qui est de mon côté – m'a avertie, Madame C. est venue déjeuner à Highgrove, les insultes à mon endroit volaient : j'étais « une ridicule créature, une souris ». Selon maman, les paroles rapportées sont toujours déformées, sûrement pas « une souris », l'expression date…

Les domestiques complices de Charles contribuent à me duper, ils préparent avec soin des repas que le prince touche à peine quand il se rend le soir à Highgrove House. Mais les cuisiniers se lassent de ces repas-alibis.

Le majordome est chargé de signaler au prince les émissions de télévision susceptibles de l'intéresser, ainsi le lendemain, je pourrai croire que Charles est resté devant son poste.

La mascarade déclenche une guerre interne. Deux camps se sont formés : ceux qui m'espionnent, qui racontent qu'à Kensington je fais entrer mes amants dans le coffre de ma voiture, et les autres, ceux qui compatissent aux humiliations que je subis depuis des années.

L'idée hallucinante de quitter la famille royale ne me lâche plus. Seul un miracle pourrait sauver notre ménage.

Miracle numéro un : Charles abandonne Madame C. Miracle numéro deux : je pardonne. La route est périlleuse. S'opposer à un membre de la famille royale peut coûter cher, l'entourage, les domestiques ont peur de « la Firme », c'est ainsi qu'entre eux ils nomment la famille royale.

Selon Nigel Dempster du *Daily Express*, je serais irascible, ingrate, un monstre qui a empêché le pauvre Charles de fêter son anniversaire à Highgrove House. Pour survivre aux potins, je nage, mes larmes se noient dans l'eau d'une piscine aux carreaux bleus et blancs. Je danse sur le parquet XVIIe de Kensington, la musique m'emporte, *La Fièvre du samedi soir* impose son rythme, je me prends pour Olivia Newton-John, je m'imagine une fois encore dans les bras de Travolta.

Maria Berni, dans son restaurant le San Lorenzo, me tire les cartes à l'abri des regards, elle lit dans les tarots. Je suis pendue à ses lèvres, je suis perdue dans ma vie présente, je veux connaître ma vie future.

Pour la presse, Maria est devenue « ma mère de substitution ». J'ai besoin de m'épancher, je ne parviens pas à gérer seule notre situation, Charles ne m'aide pas, l'homme silencieux est parti.

Un valet de pique tombe sur la table, quand mon garde du corps me prévient : Charles a fait une chute de cheval, il a été transporté en urgence à l'hôpital. Je me lève de table aussitôt. Le chauffeur m'emmène.

J'accours, Madame C. est déjà là. Les échotiers vont s'en donner à cœur joie. Je devais être la première au chevet du prince. Notre conflit est hystérisé dans les médias.

Les médecins ont demandé à Camilla de partir, sachant que j'arrivais. Foulard serré autour du visage, dissimulée derrière un rempart de médecins, elle a été exfiltrée, mais je l'ai aperçue. L'ennemie a développé chez moi un flair particulier. Je la devinerais sous une couverture. Je suis une souris, tremblante devant le chat qui va l'avaler.

Charles, le bras en écharpe, est livide.

– Tu as mal ?

– Oui…

Alors qu'il galopait sur le terrain de polo, son cheval a fait un écart.

Je ne peux retenir une insinuation :

– Je suis pourtant venue très vite…

Il demeure impassible, cela ne sert à rien de parler, juste à abîmer le moment. Je me heurte une fois encore au mur du silence. Les mots de réconfort ont du mal à sortir. Je lui en veux.

Les malades dans les hôpitaux, les enfants, les démunis m'attendent, c'est à eux que je vais donner l'amour qui n'a pas trouvé sa place auprès de Charles. D'après le docteur Colthurst, j'excelle dans l'art de réconforter. J'ai demandé à Charles de m'aider à créer une fondation. Il a refusé. À sa royale indifférence se mêle la rivalité, cet esprit de compétition qui s'ajoute à nos problèmes. Il ne m'aidera pas, pas même pour une cause charitable, il ne m'aidera pas à obtenir l'argent, son bras en écharpe n'y change rien, il refuse que j'utilise son nom. Il redoute le succès d'une telle entreprise dans le cœur des Anglais et l'ombre qu'elle pourrait lui faire.

Un de ses biographes prétend que je suis en train de « gagner la guerre de la popularité ». La guerre ! Quelle guerre ? Est-ce ainsi que les Windsor interprètent notre situation ? Ces mots ont alerté Charles.

Depuis que nous nous sommes rencontrés, plusieurs Charles se sont présentés à moi : le prince charmant, l'infidèle jaloux de ma notoriété, et maintenant, le rival exaspéré.

Je me passerai de lui. Je suis repartie de l'hôpital sous une pluie de flashs. Ma notoriété m'aidera auprès des démunis. Mes supporters m'offrent l'humanité qui m'a manqué. Leurs sourires, leurs mains tendues me donnent le courage et la volonté de continuer. Charles par manque d'assurance se trompe, il n'y a aucun calcul dans ma démarche, je comble le vide qu'il a creusé, je veux aider les blessés de la vie. Je veux donner l'affection que je n'ai pas reçue. Je veux aimer.

Ma notoriété est une conséquence, je ne l'ai pas cherchée.

Je suis venue rendre visite à des malades du sida. Les représentants des télévisions du monde entier sont devant l'hôpital pour immortaliser mon passage au centre médical de Londres. C'est une surprise. Je serre la main d'un malade du sida.

La photo sera reproduite partout. Comme un exploit. Quel exploit ? Le message passe : le sida ne s'attrape pas en serrant une main, il est inutile et cruel de marginaliser les malades. Je n'oublierai jamais le regard de ces hommes.

Le palais tempête.

Les membres de la famille royale ont pris ombrage de mes démarches. Je ne leur vole rien, ne devraient-ils pas m'encourager à accomplir les tâches qu'ils délaissent ? Ma notoriété prend trop de place, ils s'en exaspèrent. Si nous étions de la même famille, ils s'en réjouiraient. Mais il ne faut pas se leurrer, justement nous ne sommes pas de la même famille. Et la famille royale est jalouse de ses prérogatives et déteste partager la lumière.

D'un côté je suis réprimandée, de l'autre acclamée. Ai-je donc réussi quelque chose d'important ? Être moi, enfin. Je me reconnais dans celle qui donne son attention aux autres, qui passe du temps avec les malades, qui « complète et humanise le geste médical », selon les soignants. Je vais parcourir le monde, me rendre partout où la guerre, les épidémies et la misère grondent.

J'ai retrouvé James Colthurst à l'hôpital St. Thomas, notre amitié date d'avant mon mariage avec Charles. James est devenu médecin, nous sommes tombés dans les bras l'un de l'autre. Pour la première fois, je me suis exprimée devant un parterre de scientifiques. Mon allocution fut selon James « un triomphe », j'ose à peine écrire ce mot tant il me semble prétentieux, je n'ai pas l'habitude d'être félicitée, ni de parler. Le pire examen que j'aie passé, il s'est déroulé dans le salon de la reine à

Balmoral. Maintenant je parviens à m'exprimer en public, les encouragements de mon nouvel auditoire me rassurent.

Comment devient-on une icône, un prénom en gros caractères et une image à la une des journaux ?

C'est ce que je suis aujourd'hui. Diana, la princesse de Galles, l'ombre mal aimée de Charles, c'est moi.

À la une du *Daily Mail* ce matin : « Diana devient une icône, une figure emblématique qui joue un rôle essentiel dans la construction et le maintien de l'imaginaire social. »

C'est fou ! J'ai du mal à y croire, c'est bien moi, maquillée et retouchée, inatteignable et désincarnée sur la photo. Les malveillances n'atteindront pas cette Diana-là, elles n'atteignent pas la Diana en carton, celle qui existera quand j'aurai disparu. Cette Diana-là se démultipliera, se partagera, n'existera plus pour elle, seulement pour les autres. Elle offrira son cœur aux démunis, elle se coupera en quatre, en six, en mille. Elle ne souffrira plus, elle sera devenue inaccessible aux flèches qu'on lui lance, à la trahison, ce couteau qui lui transperce le cœur depuis la veille de son mariage.

Alors je marche et je voyage et je parle en public, je me donne, j'offre ce que je peux.

À peine rétabli, Charles est parti se réfugier à Highgrove. Il m'a laissée à Kensington.

Si Charles est un homme libre, je suis une femme libre. Libre et désemparée.

Je rentre, la maison est vide, Charles n'est plus là pour me donner l'emploi du temps de la semaine, je me rends seule aux invitations. Mes accompagnateurs sont soupçonnés d'être des amants.

J'ai revu Oliver Hoare, par hasard lors d'une projection privée, ses cheveux devenus gris ajoutaient à son charme ; Charles m'avait présenté ce passionné d'histoire et d'art contemporain sur les marches d'une église, nous nous rendions au même baptême. L'idée qu'un jour nous nous connaîtrions mieux m'avait traversé l'esprit, je m'en souviens très bien. Il prétend que lui aussi avait pensé une telle chose.

Oliver m'a raccompagnée, nous nous sommes installés à l'arrière de sa voiture, il a pris ma main et ne l'a pas lâchée pendant tout le trajet. Il est monté chez moi. Le poids de l'interdit était fort, mais l'amour impatient.

Mon cœur a tremblé contre sa poitrine. J'ai péché entre ses bras. Je me suis offerte à lui, sans résistance ; James Hewitt était oublié. Certainement pas Charles, mais les exigences des corps tempèrent la culpabilité.

Je ne me serais jamais crue capable d'écrire une telle phrase, ni de vivre un moment pareil. Je comprends mieux à présent Charles et Madame C., je les envie et je les plains à la fois.

Mais le moment de la générosité n'est pas encore venu.

Je suis bancale, soutenue par Maria qui me tire les cartes, par ma psy Susie, par Sarah, Carolyn et maintenant James Colthurst, à qui je parle plusieurs fois par jour. Sans eux, je tomberais.

Après une partie de squash avec Andrew Morton, nous en sommes venus à parler de la biographie qu'il m'a consacrée. James lui a dit qu'elle était truffée d'erreurs, que l'interprétation de mes sourires et l'image qu'il donnait de moi étaient fausses. Andrew Morton s'est justifié en avançant que je n'avais pas voulu le rencontrer, c'est vrai. Pour réparer ses erreurs, l'idée d'un autre livre est née, mais cette fois avec ma participation.

La proposition tombe bien, il est temps de sortir de la comédie, j'ai trop longtemps joué le mauvais rôle. Les Anglais voulaient un conte de fées, ils vont être déçus, et j'en suis désolée. Ils auront la vérité. J'ai accepté de répondre aux questions d'Andrew Morton.

Nos rendez-vous ne sont pas simples à organiser. Je suis surveillée à Kensington House, mes lignes sont probablement écoutées. Alors, James sert d'intermédiaire. Andrew Morton lui donne une liste de questions, James se charge d'enregistrer mes réponses. Il vient à bicyclette, un magnétophone dans un inoffensif panier en osier…

C'est ainsi qu'un beau mois de mai 1991, commence l'entreprise de démolition du conte de fées. Kensington Palace ne soupçonne rien. Ma participation au projet doit demeurer secrète. C'est ma seule condition. L'entreprise est téméraire. Nous risquons de graves ennuis. Mes rendez-vous avec mon ami James se tiennent à l'heure où le personnel part. Dès son arrivée, je ferme les portes et les fenêtres de mon appartement, une musique de fond couvre nos voix, je prépare le thé et nous nous installons sur les canapés, l'un en face de l'autre, le vieux magnétophone de Morton sur la table, entre nous. Il commence à voix basse :

– Toujours prête ?

– Oui, je suis prête.

La cassette est installée, il appuie sur une touche, sa voix résonne, la question est posée.

Mon avenir est en train de se jouer. Pas seulement mon avenir, celui de mon couple, de mes enfants, de Charles. J'explique à James que mon comportement n'est pas décent : je ne suis pas capable de mener ma vie privée avec discrétion, de subir impassible les incartades de mon époux, je n'anticipe pas, je suis sans vision, je suis une amoureuse romantique et intrépide, sans ambition monarchique, pas une épouse digne de la couronne d'Angleterre. J'ai honte de moi, Charles a raison, je suis égocentrique.

– Mais non, dit James, les égocentriques ne connaissent pas la honte !

Je me suis engagée dans un processus de libération, je ne sais pas encore où ce chemin va me mener, je sais juste que je veux me libérer de la comédie. Chaque mot que je prononce dans ce magnétophone attaque de façon irrémédiable le couple que je forme avec Charles.

Mes confessions sont un suicide matrimonial. Mais rétablissent la vérité : il n'y a pas de famille unie, et les photos sont aussi réjouissantes que trompeuses.

Je ne suis pas vraiment consciente de ce que je fais.

Mon père dit qu'une personne humiliée devient une personne dangereuse. Je suis devenue cette personne dangereuse pour la Couronne.

Des amis de Charles prétendent que mes doutes concernant Camilla sont infondés. Ils veulent me faire passer pour une folle. Je ne vais tout de même pas fouiller dans le bureau de Charles à Highgrove, sombrer dans cette vulgarité, brandir des lettres cachées et, preuves à la main, hurler la triste vérité aux oreilles des incrédules.

Le bureau d'Andrew Morton a été fouillé. James a attendu d'être à Kensington pour me glisser la nouvelle à l'oreille. L'information d'une seconde biographie d'Andrew Morton en préparation est donc arrivée à Buckingham. Affolement. Et si cette biographie était mieux renseignée que la première ? Si la vérité était dévoilée ? Charles y perdrait sa réputation de parfait époux...

L'affaire tourne au roman policier.

Le palais a tenté d'identifier la taupe responsable de la fuite d'informations. On m'a vite soupçonnée, bien sûr. Colthurst est épargné, son statut de médecin le protège. Les micros cachés dans mon appartement ont-ils parlé ? James m'a conseillé de faire installer des brouilleurs de son. Nous en sommes là... Il faut finir le livre le plus vite possible, le temps se gâte.

Ma photo en couverture sera un portrait de Patrick Demarchelier. Je n'ai jamais imaginé ressembler un jour à cette femme en col roulé noir qui regarde droit dans les yeux. Sarah, à qui j'ai montré cette photo, a craint de me vexer :

– Ne le prends pas mal, mais tu as changé…, puis, dans un soupir : C'est fou comme tu es belle, maintenant !

J'ai du mal à m'identifier à la femme sur ce cliché. Je me permets le noir désormais, la couleur détestée de Charles, la couleur interdite en dehors des deuils, la couleur de ma rébellion.

– Un siècle sépare la jeune fille qui se fiance en tailleur bleu ringard et cette star sur papier glacé, insiste ma sœur.

C'est vrai, et à voix haute je me demande :

– Si Charles avait rencontré cette fille-là, sachant mieux y faire avec les hommes, tu crois qu'il serait tombé amoureux d'elle ?

– Duch, tu te tortures.

Cette question me hante. J'aurais dû me maquiller, soutenir son regard, l'écouter… comme Madame C. Mais je ne savais pas. Il faut du temps pour devenir femme.

À la rumeur du livre d'Andrew Morton, la réponse de Charles ne se fait pas attendre.

Charles a accepté que Jonathan Dimbleby – un producteur de télévision – écrive sa biographie et il a surenchéri en autorisant un documentaire de deux heures sur ITV.

De mon côté, comme prévu, *Diana, her True Story* sera en librairie en juin, le livre sur le prince paraîtra en novembre. Son biographe a voulu me rencontrer. Je lui ai souri plus que nécessaire, il est arrivé avec une valise d'a priori mais il les avait oubliés en partant.

La bataille médiatique entre Charles et moi se prolonge à coups de biographies, on se balance des perfidies par l'intermédiaire de nos auteurs.

Il n'y a pas une seule ligne du livre d'Andrew que je n'aie relue, corrigée. Mes mots sont là, on entend ma voix, celle d'une femme blessée. La famille royale ne sera pas dupe, ma participation au projet est évidente. Mais je persisterai à mentir, comme Charles. Mon père s'inquiète, il n'aime pas cette guerre contre la royauté, le combat est perdu d'avance, il le sait, il a servi la famille. J'ai dû lui écrire pour lui expliquer que ce livre m'offre « la possibilité de me révéler un peu au lieu d'être perdue dans le système ». C'est moi que j'essaie de sauver, pas eux que j'attaque.

Andrew Morton a commencé à parler du livre dans les rédactions et à en négocier les bonnes feuilles. Plusieurs journaux refusèrent d'évoquer cette histoire sous prétexte que le sujet était frivole, d'autres redoutaient les réactions de l'establishment.

Seuls les tabloïds se sont montrés intéressés, mais nous n'en voulions pas. Ce serait humiliant pour moi d'être réduite à une série de confidences *people*. Rupert Murdoch a mis en garde Andrew Morton : « Ils vont essayer de vous détruire, soyez très prudent, ces gens-là ne reculent devant rien. »

« Ces gens-là », autrement dit ma belle-famille. Tous connaissent pourtant mes souffrances, le prince Philip en particulier, je sais qu'il modérera la réaction de la reine. Morton a la conviction d'avoir participé à une opération de sauvetage. Il n'a pas raconté simplement l'histoire d'une princesse malheureuse, mais celle d'une femme prise dans un système terrifiant et qui essaye de s'en libérer. Je suis l'une et l'autre. On ne se parle pas à cause des écoutes téléphoniques, c'est James qui me transmet ses propos.

Andrew a dû mener une opération clandestine pour imprimer le livre et pour le diffuser en Grande-Bretagne. Les imprimeurs britanniques ont autant peur des conséquences que les journalistes importants. Il a finalement été imprimé à l'extrême nord de la Finlande. Les premiers exemplaires sont arrivés en Angleterre cachés dans un camion au milieu de confiseries. Des milliers de tomes de *Diana, her True Story* cachés sous des sucreries ! Cela me fait rire : un soir, Charles ne m'avait-il pas comparée à un bonbon ?

Bonne nouvelle : la rédaction du *Sunday Times* a fini par accepter de publier quelques pages. Le rédacteur en chef Andrew Neil, qui avait d'abord refusé avec véhémence, a été bouleversé en lisant le manuscrit et assure à Morton qu'il sera le plus ardent défenseur du livre. En agissant ainsi, il fait acte de courage et met sa carrière en jeu. Il me croit, et je lui en serai reconnaissante toute ma vie. J'ai réussi à transmettre une émotion. L'ambiance est bizarre, dominée par la peur. Certains reviennent sur leurs confidences et personne ne veut être cité.

Sarah me demande si j'ai averti ma belle-mère de la sortie du livre.

Comment décevoir la reine ? Comment lui mentir, à elle qui au cours de notre dernière entrevue m'a témoigné sa discrète compassion ?

La reine m'a convoquée.

Je ne suis pas fière de moi. Le cœur serré et avec difficulté mais droit dans les yeux, je vais prétendre ne jamais avoir participé à ce livre. Les ongles plantés dans le creux de mes mains, je me suis entendue prononcer le terrible mensonge : « J'apprends à l'instant l'existence de ce livre. » J'ai honte, je me déteste, je suis indigne de cette femme, de l'honneur d'être reçue par elle. Mes ongles ne pénètrent pas assez dans ma chair, je dois insister, me faire mal. J'ai menti à mon corps défendant, j'ai menti parce que je n'avais pas le choix, je devais ce mensonge à Andrew Morton. C'est toute cette entreprise que j'aurais dû éviter, mais mon chagrin pèse trop lourd sur mon cœur, ma blessure ne cicatrise pas.

La reine s'est fermée. Je n'avais plus aucun moyen de l'atteindre. Moi qui voulais lui plaire, elle qui a cru que je lui plairais, alors que je suis si différente de celle qu'elle espérait. Je m'excuse à l'infini de ne pas avoir su rendre Charles heureux.

Charles et moi abîmons la légende des contes de fées.

La providence nous avait tout offert, nous avons tout dilapidé. Le grand déballage approche.

La reine met fin à notre entretien. Diana la menteuse ne mérite pas une minute de plus. J'ai entamé une révérence, elle ne l'a pas interrompue.

Sarah : Elle savait, forcément.

Moi : Non, je ne pense pas.

La reine a convoqué son attaché de presse. Comment pouvait-il ignorer la sortie d'un livre sur Diana ? C'est une faute grave. La souveraine veut connaître immédiatement le nom de l'éditeur, interdire la publication de bonnes feuilles, empêcher la sortie du livre en librairie.

Comment Diana a-t-elle pu cacher un tel projet ? C'est à ce moment-là que la reine réalise à quel point son fils est absent. Charles a déserté Kensington.

Malgré cela, la guerre est déclarée. Je n'ai plus d'alliés au palais.

Je ne connaissais pas la force des mots écrits.

C'est étrange à quel point un événement que l'on provoque peut surprendre. Le lendemain de l'entretien avec la reine, on peut lire à la une du *Sunday Times* et sur les kiosques à journaux de la capitale : « L'effondrement du mariage entre Charles et Diana : la princesse déclare qu'elle ne deviendra pas reine. »

Je suis dévoilée. Cette phrase me condamne. La reine ne m'avait sûrement pas crue, mais un doute pouvait subsister. Maintenant, ma duplicité est inscrite en majuscules, le mot d'« effondrement » est placardé sur tous les murs de Londres.

Charles, tu réalises ? Charles, tu ne m'entends pas, alors tu vas me lire ?

La vérité dérange. Et pourtant, Charles et moi n'habitons plus ensemble depuis longtemps, nous ne nous retrouvons que pour les sorties officielles devant les photographes.

J'ai annoncé que je ne deviendrais pas reine. Mais si Charles devient roi, je serai reine séparée ? L'affaire est complexe. J'espérais parvenir à une séparation officielle, mais je ne souhaite pas un divorce. De toute façon, le divorce entre un prince et une princesse de Galles n'existe pas.

La reine ne méritait pas ce spectacle lamentable d'un fils et d'une belle-fille qui se déchirent en public. Cette femme élevée pour être reine ne peut comprendre nos agissements. Qui sait si elle n'aimerait pas se promener seule dans la ville… ? La prison dorée est son destin depuis sa naissance, pas le mien.

J'appréhendais sa réaction plus que celle de Charles : elle a le pouvoir de prendre mes enfants, de m'expatrier au fond d'un désert pour se débarrasser de moi et des problèmes que je cause à la royauté. Je suis devenue un démon parmi eux.

Désormais, deux Angleterres s'affrontent, le camp des outragés par mon impertinence et celui des défenseurs de ma vérité.

D'un côté, l'élite qui tient la dragée haute à mes supporters et les libraires qui boycottent ce livre scandaleux à leurs yeux. De l'autre, les médias qui me soutiennent, accusés d'exhibitionnisme honteux. Parmi eux, le rédacteur en chef du *Sunday Times*, Andrew Neil, responsable des programmes politiques de la BBC, qui défend le livre à la télévision et tient tête à l'establishment politique. Grâce à lui, la biographie d'Andrew Morton ne sera pas considérée comme un torchon.

Il me fallait beaucoup d'inconscience et de colère pour déclarer la guerre à la royauté. Sans Oliver Hoare à mes côtés, je n'en aurais pas eu le courage.

Nous sommes allés trop loin, trop vite. Oliver prenait des risques avec moi. Ma notoriété grandissante n'était pas sans danger pour lui. Une photo d'Oliver et moi est sortie dans la presse. À la suite de cette publication, Oliver va quitter sa femme et s'installer dans l'appartement d'un ami à Pimlico. Le savoir libre me terrorise. Je suis amoureuse de lui, mais je ne veux pas être à la source de complications conjugales et je ne suis pas sûre d'être prête à m'engager. Sa femme est riche et je suis financièrement dépendante de Charles. La séparation s'organise, je ne sais pas encore selon quelles modalités. Nos situations ne sont pas simples, il nous est difficile de nous voir et même de nous parler : nous sommes peut-être écoutés, et son épouse décroche à chaque fois que j'appelle. À ce moment de ma vie, toutes les caméras d'Angleterre sont braquées sur moi.

Nous avons besoin de complices. Ma situation, similaire à celle de Charles, m'éclaire sur la nécessité d'avoir des alibis et des alliés. Mon chauffeur a accepté de cacher Oliver à l'arrière de sa voiture. James Colthurst ne sait rien de tout cela. Mes aventures sont la réplique de celles de Charles, la terre tremble à Highgrove, la contre-attaque est ardente et passionnée à Kensington.

Si Charles n'avait pas commencé, Oliver et moi serions-nous devenus amants ? Possible. La passion amoureuse brûle les étapes. Nous rêvons d'une maison en Toscane, et pourquoi pas d'un enfant.

C'est la reine qui a donné le signal de fin. Le 9 décembre 1992, quelques mois à peine après la sortie du livre d'Andrew Morton, notre séparation officielle a été annoncée.

La monarchie est sacrée. Je ne suis plus rien.

Je suis assommée et libérée. Je revois les images de ma vie avec Charles, cette vie aussi ratée qu'étincelante. J'aurais laissé Oliver Hoare et nos projets en Toscane pour Charles s'il l'avait voulu. Il suffisait qu'il accepte de s'éloigner de Camilla. Il n'a rien proposé.

Le prince Philip est le seul ami qui me reste au sein de la famille : « Je ne peux pas comprendre qu'une personne sensée vous préfère Camilla. » Il avait émis l'idée – pour mon bien – que je quitte Kensington, mais je veux rester dans un cadre familier, je veux garder ma maison. Trop de choses de ma vie ont été bouleversées. On se moque de moi, on dit que je suis entourée de charlatans, qu'importe. Ma guérisseuse, Simone Simmons, viendra tout de même exorciser et expulser les énergies négatives de Kensington, elle prétend pouvoir dynamiser ces pièces dans lesquelles je suis morte tant de fois. L'important est de croire à son efficacité, du moment que cela m'apporte du réconfort, tout est bon à prendre pour me sentir mieux, je m'épuise à tenter de sortir la tête de l'eau.

Camilla demeure une obsession. Ni Oliver Hoare ni le livre ne m'ont libérée. Les tabloïds nourrissent ma curiosité malsaine. Je sais chez quels amis ils ont passé le week-end, des détails insignifiants comme les alcools que Charles a fait livrer, les cadeaux apportés. Chaque détail me plonge dans un grand désespoir.

Et lui, se renseigne-t-il sur ma vie ? Souffre-t-il de ma liaison avec son ami Oliver Hoare ? Une fois de plus, mon « succès médiatique » n'arrange pas les choses. Comment la presse peut-elle m'accorder plus d'importance qu'au prince héritier ? C'est révoltant pour lui, qui souffre, de ne pas être pris au sérieux. Il en est profondément blessé.

Les flashs – malgré les inconvénients – m'ont réchauffée comme un soleil. Les journalistes m'ont soutenue dans mes entreprises. Alors, j'ai paradé devant eux, j'ai déambulé telle une funambule sur une corde. J'ai repris possession de mon corps, je l'ai donné à d'autres hommes.

Le contrat avec Charles est rompu, j'ai séché mes larmes entre d'autres bras. La femme frustrée est devenue une amante épanouie.

J'ai perdu l'amour de Charles depuis longtemps, mais je ne pensais pas qu'un jour la reine me manquerait. Mis à part le prince Philip, toute la famille me tournait le dos.

Le public savait maintenant qu'on lui avait menti, qu'il n'y avait pas de conte de fées. Étonnamment, il semblait m'avoir pardonné.

Le pire allait arriver quelques mois à peine après la sortie du livre d'Andrew Morton. Le 17 janvier 1993, Charles est piégé.

Je tiens le journal entre mes mains avant d'oser l'ouvrir. Oui, il contient le pire : la vulgarité ! À la une du

Sunday Mirror, un coup de fil entre Charles et Camilla décrypté par un pirate des ondes. Le contenu est inimaginable. Mes yeux peinent à suivre le texte. Toutes les rédactions de radio, de télévision, de presse écrite britanniques sont en émoi. Buckingham tremble, le monde entier éclate de rire : Charles aimerait être le Tampax de Camilla.

Le scandale est immense, dégoûtant ! Charles, si poli, si élégant, va en décevoir plus d'un. Cette fois, je ne suis pas la seule à souffrir. Ce n'est pas seulement mon mari qui rêve de se transformer en Tampax dans l'intimité de Camilla, c'est le fils de la reine, le prince de Galles, le futur roi du Royaume-Uni de Grande-Bretagne, d'Irlande du Nord et du Commonwealth.

La preuve qu'il ne suffit pas d'être bien né pour avoir des manières. « C'est à vomir. » Au palais, on est horrifié. L'*annus horribilis* se confirme, après la séparation du prince Andrew et de Sarah Ferguson, le divorce de la princesse Anne et de Mark Phillips, après l'incendie au château de Windsor, ma biographie, notre séparation, voilà que l'héritier du trône d'Angleterre se couvre de honte.

La reine se tourne vers son mari. Le prince Philip pense que leur fils a besoin d'un psychanalyste. Ils n'en connaissent pas, ils songent à m'appeler. « Diana en connaît un bataillon. » La reine se demande comment Charles peut sortir de Gordonstoun et vouloir être un Tampax.

Si je n'étais pas aussi impliquée dans cette histoire, je pourrais en rire… Sarah peut se le permettre, elle hoquetait au téléphone quand elle m'a appelée : « Même dans la pire des comédies, on n'oserait pas écrire une chose pareille ! Charles est un grand comique… Qu'est-ce que je t'avais dit, Duch ? Il ne manque que les pop-corns. Ris ! Tu as assez pleuré. Ris, le rire va te faire du bien ! Et trouve un bon psy pour le prince de conte de fées… C'est une histoire drôle, Duch, pas une tragédie. Enfile ta robe bleu nuit pailletée décolletée et tes sandales à talons aiguilles et sors. Tu vas bien te trouver un cocktail, un opéra ou une inauguration ? Va devant les caméras, elles t'adorent ! Tu les as captivées. »

Après ce que les tabloïds ont appelé « le Tampax Gate », la reine et le prince Philip ont compris enfin que leur fils ne lâcherait jamais Camilla, ils ont perdu. J'ai été sacrifiée pour rien.

Ma première sortie après le scandale est une visite à un centre médical pour enfants. À mon arrivée, une foule bloque dangereusement l'accès des urgences… Charles s'est ridiculisé, mes soutiens m'applaudissent en brandissant des pancartes : « Diana, on t'aime ! » J'en suis gênée. Marilyn était une comédienne-née, je ne suis rien, rien qu'une princesse par alliance, une alliance en train de se défaire. Et pourtant, comme elle, je connais les acclamations, je connais la gloire, cette éclatante supercherie. Je suis devenue un perpétuel sujet de commentaires, on décrit ma coiffure, mes chaussures, mon humeur. Je distribue des sourires, j'attrape des bouquets, mais je suis une mauvaise comédienne, mes yeux s'emplissent de larmes quand je suis triste. Mon jeu de scène comporte des faiblesses, je cache mal mon chagrin. Mais cette mauvaise actrice, le public la réclame, il en redemande, et les journalistes affluent. On applaudit les maladresses de la star ratée qui envoie des baisers malgré les larmes qui la submergent. À la cour, il y a les choses permises et les choses interdites. Les baisers font partie des interdites. Moi, j'embrasse tout le monde. Je dépasse les bornes.

Un amant ne suffit pas à lutter contre l'amertume d'un mariage raté. Mon amour pour Charles perd de son intensité, pas ma blessure, amour et blessure sont liés. Pour l'heure, tout me ramène à lui. Dans notre prétendue vie de conte de fées, aimer le prince aura été le mauvais sort. Une nouvelle catastrophe menace chacune de mes avancées, et je recule aussitôt.

Le téléphone sonne, l'attachée de presse de la reine n'a pas tardé. Elle me demande, afin que les choses soient plus claires, de désavouer par écrit le livre d'Andrew Morton, puisque je n'y ai pas collaboré...

La demande est perverse : la reine – puisque l'appel de l'attachée de presse est commandité par elle – sait que personne à part moi n'a pu fournir les éléments de ce livre.

L'idée est pertinente, si je désavoue le livre, les ventes chuteront. Morton peut se tranquilliser, je ne le trahirai pas, même si refuser leur proposition, c'est avouer ma collaboration.

Le choix de ma séparation d'avec Charles vient du palais. La violence de nos échanges l'impose. La royauté à bout de forces ne peut plus maintenir notre union. La reine n'a pas réclamé le divorce, c'est un soulagement. Je ne veux ni divorcer ni assumer la responsabilité d'une telle décision. Je devrai donc – un jour – accepter d'être l'épouse d'un roi bigame.

Quel autre choix ? Je suis la mère d'un futur successeur au trône.

Charles est venu me voir à Kensington. Pour la première fois, nous avons parlé de notre mariage brisé. Charles est sombre. Il me prend la main, l'effleure de ses lèvres :

– Je suis désolé.

Il accepte « notre séparation ». Nos agissements nous y mènent de façon irrémédiable et pourtant, pour lui aussi, le mot demeure difficile à prononcer. Nous sommes tous les deux confrontés à l'échec.

– Nos enfants sont une réussite, me dit Charles.

À ces mots, les larmes coulent de mes yeux.

– Ils sont pour moi le plus beau cadeau du monde.

– Pour moi aussi.

Mon mari me serre dans ses bras. Je ferme les yeux, le visage contre son épaule. Puis je monte dans ma chambre et, par la fenêtre, je le regarde partir, ses cheveux immuablement crantés, son blazer deux fois fendu à l'arrière, sa démarche souple. J'ai baissé le store.

Une page vient de se tourner.

Else ferme sa fenêtre et tire son rideau, c'est pourtant « inutile, personne n'est posté sur la montagne d'en face, avec une longue-vue ». Moi, chère Else, partout autour de ma maison, des gens sont installés, certains munis de jumelles, j'ai besoin de calme, d'une petite maison à l'orée d'une forêt. J'ai besoin d'entendre les oiseaux et le vent siffler, d'être à l'abri des photographes et du monde.

Après la mort de notre père, en mars 1992, mon frère est devenu comte Spencer, il a hérité du domaine d'Althorp et m'a proposé d'habiter avec mes enfants dans la maison des bois. Enfin une maison qui n'est ni un palais, ni un château et qui n'appartient pas à la famille royale.

Ce sera parfait pour m'abriter avec les garçons. Je leur montrerai les douves autour desquelles je jouais à cache-cache et le box de mon poney. L'idée de vivre dans une chaumière me procure une joie immense, ce sera mon premier vrai home, je l'arrangerai avec mes meubles et mes tableaux, pas avec ceux que le décorateur aura choisis dans les réserves de la Couronne.

Les garçons et moi sommes fous de joie à la perspective d'habiter une maison de taille humaine dans laquelle nous ferons la cuisine ensemble. Notre joie est vite retombée. La cohorte de motos et de caméras qui me suit à chacun de mes déplacements refroidit mon frère. Il revient sur son offre. Les paparazzis qui ne me lâchent pas l'effraient ; il estime que ma présence entraînerait trop d'agitation et finirait par lui attirer des ennuis. Il est l'héritier du château, il a tous les droits.

Son refus tombe mal, au moment où j'ai tellement besoin de la chaleur de ma famille. J'aurais tant aimé emmener mes fils sur les traces de mon enfance. Ma déception est infinie. Mon frère et moi, nous ne nous parlons plus. Je suis trop pesante, trop intense, peu de gens ont la capacité de s'occuper de moi longtemps. La personne que je consulte en ce moment n'est plus une guérisseuse, mais une psychanalyste, Susie Orbach, je m'accroche à elle.

Le 1er novembre 1994 paraît la biographie de Charles écrite par Jonathan Dimbleby, tout à l'avantage de Charles. Rien de méchant ne figure sur moi : lors de notre entretien, j'avais amadoué l'auteur et modéré ses *a priori*. Le livre connaît un timide succès, alors que la biographie d'Andrew Morton est un événement mondial.

Le 28 juin 1994, Charles s'exprime à la télévision. Après une heure assez ennuyeuse consacrée à ses occupations, le journaliste se permet une question personnelle.

À ma grande stupéfaction, il lui demande s'il a essayé de rester fidèle. Essayé ? C'est-à-dire ? Lutté contre la tentation ? Mes mains se mettent à trembler. Charles ne m'a jamais répondu à ce sujet. Il varie ses réponses, jamais tout à fait les mêmes, il est flou, raccroche l'improbable à des bouts de vérité. Mon pouls s'accélère. Notre séparation n'a donc rien changé, je pensais qu'elle m'éviterait cet état d'anxiété, ces mains moites et ce cœur qui s'emballe, pourtant, devant mon poste de télévision, pendue à ses lèvres, j'attends un miracle, une autre vérité, une vérité au-dessus de toutes les vérités, qui ne serait pas gangrenée par des approximations, une vérité vraie qui ne ferait pas trop de mal, une vérité qui guérit, si cela existe, une vérité excusable, pleine des mots qui rendent capable de lutter contre la douleur. Une vérité qui lave le passé dégradé, qui balaie ce doute qui se réveille au moindre bruit. J'attends la phrase magique qui me délivrera.

La réponse de Charles tarde à venir. La caméra face à lui le capte, le centre, rien ne lui échappe, pas le moindre cillement, Charles est prisonnier de la caméra. Je tremble. Je guette sa réponse. Laquelle ? Celle qui effacera les années perdues ? Combien de temps faudra-t-il pour qu'enfin je puisse évoquer cette histoire avec détachement ?

Charles finit par répondre d'une voix claire :

– Oui, bien sûr, j'ai essayé d'être fidèle.

Le journaliste insiste :

– Et vous l'étiez ?

– Oui.

Après une longue pause, Charles ajoute :

– Jusqu'à ce que notre mariage se dégrade de façon irrémédiable. Nous avons tous les deux essayé.

Ses paroles pèsent lourd dans la balance. Oui, Charles m'a été fidèle, cela devrait me suffire. À cet instant, j'aurais dû éteindre le poste, et garder ce « oui » au fond de mon cœur. Ce qu'il n'avait jamais osé me dire, il l'a dit devant des millions de personnes : « fidèle jusqu'à ce que notre mariage se dégrade de façon irrémédiable ».

À quel moment s'est produite la dégradation ? Avant le mariage ? Après le voyage de noces ? Quand j'étais enceinte de notre second enfant ?

Le lendemain de l'interview, se produit un événement qui me laisse désemparée.

En rentrant de l'école, notre fils William se précipite dans ma chambre et me demande en pleurant : « C'est vrai que papa ne t'a jamais aimée ? » Je suis prête à tout endurer, mais certainement pas la tristesse de mes enfants. Ces mots ne sont pas de William, il les a entendus à l'école, il les répète. Les enfants peuvent être cruels entre eux.

Je dois vite rassembler quelques preuves de l'amour que ses parents se portent, mais lesquelles ? Comment rassurer mon fils ?

Des images défilent, un premier baiser sur les berges d'une rivière, une danse sous les lustres en cristal de Sandringham. Ce ne sont pas des preuves, juste des souvenirs. Tant bien que mal, je m'efforce de persuader notre fils que son père et sa mère se sont aimés, que notre amour durera toujours, que son frère et lui sont ce que nous avons de plus cher au monde. William me regarde, étonné, je sais, mes propos manquent de logique, papa et maman s'aiment, mais se séparent.

J'ai préparé pour mes enfants des coquillettes au jambon et à la crème, notre plat préféré. Puis je les ai couchés, embrassés, respirés, allongée près de l'un puis de l'autre, le nez collé contre leur cou à m'enivrer de la bonne odeur de l'enfance et du savon Penhaligon's, jusqu'à ce qu'ils s'endorment. J'ai dû m'assoupir à côté de William quelques instant. Une fois réveillée, je me suis éclipsée sur la pointe des pieds, j'ai traversé nos appartements aux plafonds devenus trop hauts, aux pièces devenues trop nombreuses, le bureau de Charles était rangé comme avant un déménagement, ses objets personnels doivent déjà être dans des caisses.

Le sentiment de solitude ne me lâche plus, Mère Teresa m'avait dit que « la solitude et le sentiment de n'être pas désiré sont les formes les plus profondes de la pauvreté ». Je vais retourner voir les Missionnaires de la Charité. J'ai honte du vide que je ressens à l'intérieur de moi malgré tout ce qui m'entoure. Le bruit de mes pas sur le parquet est celui de mon échec. Aucune autre résonance que mes pas. Personne ne me suit ou ne me devance dans cette maison délaissée par un homme.

Quoi faire quand je suis seule, et que William et Harry dorment ?

Aucun film, aucun livre ne m'apporte de réconfort, le vide en moi est difficile à combler, je ne me concentre sur rien, mes problèmes occupent toute la place. Le néant m'envahit, en partant l'homme que j'aimais a emporté mes rêves.

Seul me reste le divertissement, ce manège qui m'emmène dans le brouhaha des paroles vaines et qui pourtant m'allège. Je me remplis du monde, loin des reproches que j'adresse à celle qui n'a pas su garder son mari, qui n'a pas de dons, pas de talent, juste un peu de jeunesse, un peu de beauté. Cela n'a pas suffi.

La robe vengeresse.

Je cherche une invitation, il y en a bien une qui traîne sur mon bureau, parmi toutes les lettres entassées. Là, une invitation du magazine *Vanity Fair* à la galerie Serpentine. Je ne connais pas grand-chose à l'art contemporain, mais il s'agit d'un événement caritatif, du genre de ceux qui excusent bien des mondanités.

Ne pas être trop critique, jouer le jeu, chausser des escarpins Louboutin hauts comme des échasses, enfiler une robe noire moulante dessinée par mon amie grecque Christina Stambolian, une robe de séductrice, de femme fatale qui ne s'en laisse pas conter.

Ça a l'air anodin, on n'imagine pas le choc que cela peut faire de ne pas se reconnaître dans un miroir. C'est une sensation agréable en ce qui me concerne. Je suis une autre.

Vêtue de mes habits de liberté, je suis sortie, portée autant par le désespoir que par l'envie de danser. Cela doit aller ensemble, la danse et le désespoir. Le besoin de paraître, quand une partie de soi a déserté.

Le directeur de la galerie m'accueille. Les flashs crépitent, une voix s'élève : « Où sont vos enfants ? » Je réponds du tac au tac : « Au lit ! »

Tout le monde éclate de rire. Une cour se forme autour de moi. Ce n'est pas ainsi que j'avais imaginé ma vie, non, je m'imaginais dans un cottage à la campagne avec un mari qui m'aime et que j'aime et beaucoup d'enfants.

La presse ne manquera pas de s'emparer de la robe

noire qu'elle baptisera « *the revenge dress* ». J'ai le corps et le cœur serrés dans cette armure faite pour tromper le monde et envoyer un faux message : Regardez comme je vais bien, les confessions de Charles ne m'atteignent même pas !

Trois petits tours et fin de la princesse de Galles, fin des tailleurs assortis aux chapeaux, vive Diana-Marilyn !

Je me reconnais à peine, moi qui étais tétanisée par la foule, je me suis laissé apprivoiser. On me baise la main, je distribue des petits signes, *ciao, yes, see you soon, of course darling*… comme Madame C. jadis. Je me force et je finis par réussir à l'imiter. Adieu le monde de l'aristocratie, bonjour celui des snobs. Champagne ? *Yees !* Je sais faire, moi aussi. Je nage dans le champagne, les snobs s'en donnent à cœur joie. Approcher une princesse, même ex, même répudiée, même déclassée, c'est tout de même chic. J'accepte les invitations qui pleuvent par dizaines, je suis libre, je n'ai plus d'obligations monarchiques. Je suis la personne à abattre, le palais va sortir les canons. Je suis facile à atteindre. Charles et son armée de gardes du corps ont disparu, je n'ai plus de protection, plus de valeur, je ne vaux plus rien. Je suis séparée du prince de Galles.

J'ai vu du monde à la galerie Serpentine. Voir du monde, c'est ne voir personne. Je n'ai pas partagé une seule vraie conversation, pas un tête-à-tête dans un coin de la salle. Non, rien, des bulles, du champagne, de la musique – « *It's a good day for singing a song/And it's a good day for moving along…* » –, la jet set m'accueille à bras ouverts. Oui, et « c'est un bon jour pour chanter et se bouger ». Un cavalier passe, je me laisse entraîner dans la danse, moulée dans ma robe vengeresse. Je ris, du champagne, encore du champagne, la tête me tourne. Nous fredonnons *It's a Good Day*, je suis toujours numéro un sur la liste des meilleures ventes. Mon mari déclare à la télévision qu'il est infidèle, notre mariage est un échec, je porte une robe noire, mais aujourd'hui est un bon jour, c'est Peggy Lee qui le chante.

La porte de ma limousine claque, le chauffeur accélère, la récréation est terminée, retour à Kensington, Londres, la Tamise, Hyde Park défilent, je ferme les yeux et je m'endors quelques secondes. Else s'assoit sur mon lit, me demande si elle ne me dérange pas dans mes rêveries. Elle est jeune, belle, simple, vive, comme je l'ai toujours imaginée.

Elle me parle de Charles : « Laisse-le, qu'il aille au diable ! Qu'est-ce que tu as aujourd'hui, Diana ? Tu es énigmatique, démoniaque, séductrice. À te regarder, on pourrait facilement perdre la tête… »

J'allonge le bras, je veux la toucher, mais le chauffeur me réveille, « Madame… ». Nous sommes arrivés à Kensington. Else est repartie au pays des héroïnes de roman, m'abandonnant aux avocats auxquels je dois écrire. Les confidences de Charles ont eu des conséquences néfastes sur nos enfants. Me plaindre, toujours me plaindre, mon emploi du temps chargé ne m'épargne pas le rôle de la malheureuse.

Je suis invitée partout dans le monde et nulle part en Angleterre… La Firme règne, la Firme veille. Ma nouvelle vie m'oblige à laisser mes enfants au palais quand je voyage.

Je dors moins bien sans les ronflements de Charles. Quand il me faisait l'honneur de venir dans notre lit, sa respiration me berçait.

Hier, l'anniversaire de la reine mère était encore plus sinistre et guindé qu'à l'accoutumée. J'évite de croiser Charles, même s'il ne me fait plus peur. Je ne suis plus la jeune femme en ballerines plates qui se cachait derrière son mari, je porte des talons aiguilles, des jupes ajustées, je parle en public, je suis devenue Diana, j'existe sans titre, sans nom de famille. Mon prénom suffit.

La course continue sur le parvis de l'hôtel Hilton. De façon assez solennelle, j'annonce à la presse rassemblée que j'ai décidé de m'affranchir de la plupart de mes obligations royales : « J'espère que vous pourrez trouver dans votre cœur la force de me comprendre et de me donner le temps et l'espace qui m'ont manqué ces dernières années. » Voilà, c'est dit. Mes propres mots m'ont libérée.

J'aimerais être un jour l'ambassadrice itinérante des opprimés, utiliser ma prétendue « capacité curative » sur la scène mondiale, voyager au Japon, à New York, rencontrer Henry Kissinger, organiser des visites humanitaires partout dans le monde. Exister, pas seulement par mon sourire, je veux favoriser une union entre l'humanitaire, le politique et le spirituel. J'ai eu du temps pour réfléchir au rôle que je peux jouer et à mes limites, quitte à passer outre au protocole.

Je suis séparée du prince, bientôt je ne serai plus altesse royale, qui voudra encore de moi ? Je dois prendre les devants et partir. J'envoie des baisers d'adieu, des baisers chargés de larmes.

Je quitte la scène. Un brouhaha de protestations s'élève alors que je m'éloigne du perron, on veut me voir encore, encore m'entendre, on veut que je reste sur scène.

Comme la mère d'Else en choisissant Monsieur von Dorsday, la famille de Charles a commis une erreur de calcul en me choisissant ! Else veut bien être une dévergondée, pas une putain, moi je veux bien être une souris, pas une idiote.

James Colthurst m'a présenté un spécialiste de la pensée positive. Je suis tombée si bas, moi que l'on croit si haut, que je consulterais n'importe quel charlatan, si on me vantait ses mérites... Quelque chose ne tourne pas rond chez moi. Pourtant, celle qui était un poids lourd pour Charles est considérée par quelques éminentes personnes comme une femme avec laquelle il faudra compter.

J'allume la radio. Mauvaise idée ! Un chroniqueur raconte sur le ton de la moquerie que « Madame Parker Bowles aurait poussé Charles à épouser une jeune fille naïve. Ainsi leur relation pourrait continuer ». Je suis dans mon bain, je plonge aussitôt la tête sous l'eau, qu'est-ce qu'il en sait ? Je n'écouterai plus la radio, je n'allumerai plus la télévision, je ne regarderai plus les journaux. Je suis cernée par les ragots.

L'histoire de Camilla et Charles est monstrueusement belle.

J'essaie de détourner mes pensées selon la méthode du psy, fichue méthode, c'est impossible de détourner une pensée ! Une pensée, c'est un déferlement, une eau qui s'infiltre partout. Un camion de dix tonnes est plus facile à arrêter qu'une pensée. Je préfère rêver à Oliver. Ce beau prénom qui m'évoque la Grèce, même si Oliver ne s'enracine pas en moi. Il est en perte de vitesse. Nous avons rencontré trop de difficultés ; un à un nos rêves se sont évanouis.

Le remplacer ? Par Hasnat Khan ? Hasnat est un chirurgien cardiothoracique, je l'ai rencontré à l'hôpital St. Thomas. Il a été sensible à l'attention que je porte aux jeunes malades et m'a proposé d'accompagner l'un d'entre eux, en salle d'opération. J'ai tenu la main de l'enfant. J'ai vu Hasnat sortir ce petit cœur de sa cage thoracique d'une manière ferme et précise. Je suis restée debout sans m'évanouir pendant les dix heures qu'a duré l'opération. Puis je suis descendue avec le professeur à la cantine, il m'a demandé pourquoi je m'infligeais une épreuve si dure. Je n'ai pas eu besoin de lui répondre, il connaissait ma vie, mes fréquentations, ma séparation… ma vie était devenue un feuilleton public. « Le travail est toujours la meilleure façon de s'en sortir, m'a-t-il dit, et nous avons besoin de vous, votre douceur est essentielle aux malades, après une chirurgie cardiaque le moral est le point le plus important. » Cherchait-il à me séduire ? Nous avons partagé une tranche de cake, il a cité Freud et Bettelheim, j'étais éblouie ; il a insisté sur l'importance de donner un sens à son existence. Hasnat me voit, il ne voit pas la princesse.

Il devrait maigrir, se raser la moustache. Il n'est pas beau comme Oliver Hoare mais quelque chose de merveilleusement humain émane de son sourire.

– Le domaine de la cardiologie accorde de plus en plus d'attention aux facteurs émotionnels, vous avez eu votre dose, vous savez comment vous comporter, dit-il.

Le cardiologue se soucie des cœurs et des esprits. Mes illusions perdues ne lui sont pas indifférentes.

Le téléphone a sonné. Je suis sortie du bain parce que j'espérais entendre Hasnat. C'était mon frère... Nous étions en froid depuis qu'il avait refusé de me prêter la maison, et malgré nos différends, j'étais heureuse de l'entendre.

Il a quelque chose à me dire, dont il ne peut parler au téléphone ; il doit me voir. Les rumeurs d'écoutes téléphoniques troublent mes interlocuteurs. Nous convenons d'un déjeuner le lendemain à Kensington. Mon frère n'a jamais eu une grande sympathie pour la famille, il ne la craint pas, il s'en méfie. C'est la première fois qu'il m'appelle, depuis notre brouille. Je devine au ton grave de sa voix l'importance de son appel.

Le lendemain, mon frère est chez moi. Il me demande de choisir un fond musical et s'exprime à voix basse, il chuchote à mon oreille des noms. Un certain Martin Bashir, jeune journaliste de la BBC, l'a averti qu'il était espionné par son ancien responsable de la sécurité. Est-ce que je connais cet homme ? Je n'en ai jamais entendu parler. Charles a encore autre chose à me confier de la plus haute importance. Les accusations de Martin Bashir sont graves, il hésite à me dire en quoi elles me concernent. Mon frère a toujours été soupçonneux, sa paranoïa naturelle se révèle-t-elle une fois encore ? Il craint que Martin se serve de lui pour arriver jusqu'à moi. Il s'est donc renseigné sur lui auprès de la chaîne publique qui l'emploie. Le rédacteur en chef s'est empressé de le rassurer sur le sérieux du journaliste, un des meilleurs éléments. On peut lui faire confiance, mais il comprend la prudence de mon frère… Charles est à moitié rassuré : je suis « un gros gibier, une poule aux œufs d'or » pour un ambitieux. Si Bashir parvient à obtenir une interview de moi, l'émission serait diffusée dans le monde entier, et lui gravirait d'un seul coup les échelons et deviendrait célèbre. Il est jeune, trente-deux ans, l'affaire est une chance pour lui, c'est sûr. Mais pour moi ? Ils sont nombreux, ceux qui veulent m'interviewer.

Selon Bashir, je suis en danger de mort à cause de la complexité de ma position au sein de la famille royale et de l'impact de ma popularité sur l'institution monarchique. Il dit que je serais devenue une figure médiatique trop influente, que mes actions pourraient affecter l'image de la famille, que mes engagements me donneraient une visibilité mondiale qui dépasserait celle de la famille royale, que le palais doit s'assurer que mes initiatives s'alignent sur les priorités diplomatiques et politiques du Royaume-Uni.

Bref, que je suis dangereuse, que je gêne, alors on me surveille et mon frère aussi.

Charles a exigé des preuves incontestables de ce que Bashir avançait. Celui-ci lui a apporté des relevés bancaires attestant qu'un employé avait bien été rémunéré par les services de renseignements britanniques pour surveiller ses comptes.

Charles finit par m'expliquer en quoi Bashir et lui me croient visée. Selon le journaliste, certains de mes proches sont des informateurs payés par la Couronne. Il a mené une enquête, grâce à ses contacts avec les services secrets. C'est son métier, ses renseignements sont fiables. Sur l'insistance de Charles, Martin Bashir lui a permis d'écouter des conversations téléphoniques fraîchement enregistrées. Charles me ménage, il ne veut pas tout avouer, mais il est alarmé au point de se demander s'il ne faut pas que je trouve asile à l'étranger. Je ne quitterai pas l'Angleterre sans mes enfants. Je suis donc condamnée à être espionnée.

Moi : Et s'il s'agissait de voix d'acteurs ?

Charles Spencer : Martin Bashir n'est pas un mythomane, ni un homme malhonnête. J'ai tenu entre mes mains les documents des services secrets. J'ai écouté les cassettes. Quelqu'un est payé pour nous surveiller. Au début, moi aussi j'ai craint que Bashir soit un arriviste prêt à tout pour réussir, mais les documents sont à l'en-tête de la banque de la reine.

Moi : Un employé de la BBC est en mesure de faire fabriquer des faux ?

Charles Spencer : Je me suis posé cette question, mais c'est impossible. Il faudrait être un faussaire professionnel, un graphiste avisé pour fabriquer de tels relevés. Ceux que j'ai examinés étaient plus qu'authentiques. Les individus visés étaient bien rétribués par la Couronne et les noms qui figuraient sur les documents correspondaient à des personnes qui travaillaient dans les bureaux de la reine. Bashir est en dehors de l'establishment, aux antipodes du cercle de la monarchie, il ne pouvait pas les connaître.

Moi : Qui signait les chèques ?

Charles Spencer : Le comptable de ton mari et celui de ton beau-père.

Moi : Et comment nous protéger ?

Charles Spencer : En écoutant Martin Bashir.

Moi : Précise…

Charles Spencer : En acceptant de tout balancer à la télévision.

Je suis anéantie. J'ai du mal à imaginer mon mari jouant les agents secrets. Ce que mon frère et Martin Bashir me demandent dépasse l'entendement ; mon frère insiste : « Tu dois accepter cette mission pour nous protéger. »

J'ai demandé à mon frère s'il n'était pas surpris qu'un inconnu prenne à ce point fait et cause pour nous. Charles a transmis mon étonnement à Martin Bashir, qui a reconnu la liberté qu'il avait prise, il s'est excusé, mais c'était son devoir de m'avertir : les services secrets ne me quittent pas d'un pouce. À cela, il a apporté une précision supplémentaire : les paiements ont été versés par une société offshore, créée uniquement pour réaliser l'opération.

Le danger nous guette. Comment ne pas le reconnaître ?

Mon petit frère est fier. Il a protégé sa grande sœur.

Buckingham étant à l'origine de l'affaire, je ne peux appeler personne pour m'aider et vérifier les soupçons. Il faut croire cet homme que je ne connais pas.

Je dois l'admettre, je gêne tout le monde.

Charles veut refaire sa vie, la reine prendre mes enfants. Je n'ai plus qu'à disparaître. C'est ce que Martin Bashir et mon frère tentent de me faire comprendre.

Martin Bashir, je l'ai rencontré la première fois dans un parking. On se serait cru dans un film d'espionnage. Mon frère avait tout organisé dans le plus grand secret, avec des précautions inimaginables. Je sanglotais dans ma voiture en écoutant les explications de Bashir. La famille royale agissait contre moi et le père de mes enfants préparait un piège. Effectivement, ma mort résoudrait tous les problèmes. Bashir est sincère, c'est certain. Si je suis parfois naïve, mon frère ne l'est pas. Je lui fais confiance.

Sarah ne croit pas un mot de cette histoire :

– Bashir a commencé par Charles pour t'atteindre,

Duch. Ce type est un malin. Il a su qu'Alex, le responsable de la sécurité, a été évincé et il l'a transformé en espion… Prends garde, Duch, il manœuvre pour obtenir de toi l'interview dont il rêve. Il a touché ton point faible : la peur. Ce scénario est cousu de fil blanc, Bashir est un manipulateur, il t'entraîne dans un piège.

Je me suis fâchée avec Sarah. Elle se trompe, le journaliste veut sincèrement nous aider. Sa vie, qui n'a pas toujours été facile, l'a rendu sensible et compatissant à la souffrance des autres. Peu à peu, une vraie amitié nous lie, Martin Bashir et moi.

Qu'en pense mon amie Carolyn ?

– Diana, si tu déverses ton fiel à la télévision, toute la société londonienne te tournera le dos. Tu vas te griller ! Pourquoi insister auprès de Charles, alors que votre avenir est sans espoir, à quoi rime cet acharnement ? Martin Bashir gratte tes blessures au moment où elles cicatrisent, et toi tu veux retourner en arrière ? Tu affabules. Vous affabulez, ton frère et toi ! Cet homme prétend te protéger d'un éventuel attentat ? Tu plaisantes ! Son but est de t'interviewer dans l'émission *Panorama* et d'avoir grâce à toi une audience mondiale. Il n'est sûrement pas le seul à en rêver, mais lui a trouvé un moyen de pression pour décrocher le scoop du siècle : « La princesse de Galles dit tout. » Si tu veux mon avis, ce n'est pas digne de toi, Diana !

La réaction de Carolyn me trouble.

J'ai détesté ma vie au sein de la royauté, et maintenant que j'approche de la liberté, maintenant que je retrouve le goût des choses, que je n'ai plus envie de me jeter dans l'escalier, je ne veux pas mourir assassinée.

Martin Bashir revient à la charge :

– Diana, écoutez-moi, je ne veux que votre bien. Le but de cette interview est d'envoyer un message au peuple avant que vous ne soyez victime d'une agression physique qui, selon mes renseignements, est imminente. Une fois que vous aurez parlé, vous serez à l'abri, la famille ne pourra plus rien contre vous. Vous devez écarter les forces obscures qui vous encerclent. Vous êtes devenue pour la famille royale une menace permanente. Elle cherche à vous neutraliser. La seule façon de vous protéger, de devenir intouchable, c'est de parler, j'en suis sûr.

Et Susie Orbach, ma merveilleuse psy, qui défend les femmes et qui soutient que « dans chaque forme d'oppression se trouvent les graines de la libération », qu'en pense-t-elle ?

– Le discours de Martin Bashir tombe à une période où tu te sens menacée. Tu vis dans un climat de panique que Martin Bashir contribue à accentuer. Je ne suis pas extralucide, mais suffisamment perspicace pour me méfier de cette histoire. Ce journaliste a compris ta situation et il va dans le sens de tes angoisses. Diana, tu joues un jeu dangereux.

Et James Colthurst ?

– Tu vas leur montrer quoi ? Que tu as un cœur et qu'ils l'ont fait saigner ? Cela ne sert à rien de leur montrer. Tu es bien au-delà de l'image qu'ils te donnent. Diana, tu es déjà une légende.

J'ai aussi demandé deux autres avis : l'un à mon ami David Puttnam, qui m'a répondu que cette interview était « la pire idée jamais entendue de sa vie ». L'autre à Dove Graffin, qui a estimé que cette émission me serait « hautement préjudiciable, tout le monde dira que vous voulez prendre le dessus sur Charles ».

Et moi, malgré ces analyses, ces conseils, je décide d'y aller.

Je vais parler devant la caméra de la BBC, je vais parler à Charles.

James pense que je me raccroche à n'importe qui et que je fais trop facilement confiance. Mais les questions tournent depuis trop longtemps dans ma tête. Mon frère m'encourage, il a confiance en Bashir et c'est essentiel pour moi. Bashir n'est pas un arriviste, comme Carolyn et Sarah veulent m'en persuader. Son carnet d'adresses est rempli de célébrités, il l'a ouvert devant nous. Michael Jackson y figure… Il en est convaincu, la seule chose qui pourrait me protéger, c'est de donner un grand coup de pied dans la fourmilière de Buckingham, d'avoir le courage de m'exprimer, ainsi ils ne pourront plus rien contre moi…

Ma vie est en danger, mais c'est le besoin de vengeance qui m'anime, plus que la peur. J'ai honte. Je vais apparaître comme une femme qui règle ses comptes.

Martin Bashir me jure que le prince m'entendra et me demandera pardon. Est-ce possible ? Je suis la princesse qui pleure, les yeux rougis et le rimmel qui coule.

Je ne voulais pas être reine, je voulais être aimée de Charles.

Je me tourne vers Else.
Moi : Else, je vais me libérer…
Else : Tu vas t'emprisonner.
Moi : Je prends le risque.
Else : Le roi a toujours raison.

Le dimanche 5 novembre 1995 à dix-huit heures, Martin Bashir, le producteur et le cadreur de l'émission sont entrés clandestinement dans la cour de Kensington Palace. Ils auraient pu être mes médecins, mes kinésithérapeutes ou mes professeurs de gymnastique. La sécurité ne m'a pas appelée, aucune alarme n'a retenti. Ils ont pénétré en file indienne dans mon appartement, guidés par Martin qui connaissait le chemin. Nous détenons, ces trois hommes et moi, de quoi déclencher une révolution en Angleterre, mettre le feu au palais, lever le voile sur la royauté et son hypocrisie. Sinistre équipée, lugubre mission, leur démarche est celle d'un peloton d'exécution ; nous allons enterrer mon passage dans la monarchie.

Leurs armes sont cachées dans leurs attachés-cases d'hommes d'affaires. Je suis l'affaire. « Tous les fauves sont lâchés », dit Else.

La victime est sobrement vêtue de bleu marine, mal coiffée, les yeux trop maquillés au crayon khôl – je m'en apercevrai plus tard en découvrant l'émission. J'ai donné congé au personnel et même à Paul Burrell, mon majordome ange gardien, difficile à éloigner. Le risque de les associer à une telle entreprise est trop grand.

Les trois hommes ont pris place dans le salon jaune où l'entretien va avoir lieu.

Le silence est lourd, un silence d'avant la tempête. Tous les trois, leur attaché-case posé entre leurs pieds, vont me faire parler. Les instruments de torture, notes, micros, caméra portable, attendent dans les mallettes.

Le producteur regarde Martin Bashir, tendu. Les deux hommes s'expriment à mi-voix. Le caméraman se lève, les dés sont jetés.

Je demande quelques minutes de solitude avant l'interview, je m'enferme dans ma chambre pour me concentrer. Je vais commettre un acte de pure folie. Le miroir me renvoie une image dans laquelle je peine à me reconnaître, il me renvoie plus qu'une image, une identité nouvelle, je la conteste secrètement.

Suis-je Mademoiselle Spencer ou la princesse de Galles ? L'une et l'autre ? Après l'entretien, la princesse de Galles sera finie, terminée, rejetée. « Et tout cela, c'est toi, Charles, qui l'as fait, toi et elle. »

Martin me conseille d'oublier la caméra, de parler naturellement, de m'exprimer sans me censurer. De tout dire.

Tout ? L'insensibilité de Charles, mes tentatives de suicide, notre ménage à trois ? Martin Bashir m'assure que c'est ainsi qu'il réalisera.

« À quoi me servirait d'être sur terre, si je ne vivais

pas la vraie vie ? Je ne dois pas regretter, je dois foncer, ils n'auront que ce qu'ils méritent tous. » Else a tranché. Je vais me déshabiller moi aussi, ils le méritent tous.

Dans un instant, je vais déclencher un scandale majeur, peut-être un des plus grands que la royauté ait jamais affrontés. Je suis calme, il est dix-huit heures trente, l'équipe de *Panorama* m'attend. Je suis calme. Non, je ne suis pas calme, je suis terrifiée. J'aspire à une vie où je ne souffrirais plus à cause de Charles et, puisqu'il m'y contraint, une vie où je ne l'aimerais plus.

Je n'ai rien préparé, je risque la catastrophe. Chaque mot que je vais prononcer sera retenu et entrera dans l'histoire de l'Angleterre.

Else a suivi son impulsion. Son désir de réparer la vie l'a poussée à la mort. Elle avale le poison, son sang se fige, sa main se paralyse, mais soudain, elle veut vivre, il est trop tard, son sort est scellé. Je bois un verre d'eau. La mort d'Else me hante, je connais son angoisse, je ne voulais plus mourir quand le sang coulait de mes veines ouvertes, quand le sommeil des somnifères m'emportait. Je voulais juste que Charles m'aime. Else, que réclamait-elle ? Que ses parents l'aiment ? Ma main droite est glacée, je tends le bras, je peux bouger les doigts, j'écarquille les yeux, il n'y a pas de Véronal dans mon verre. Ils vont m'assassiner autrement.

Sarah considère l'émission *Panorama* comme un suicide. Un suicide social, familial, professionnel, une erreur fatale. Mais je ne peux plus me taire. Martin Bashir et mon frère m'ont convaincue. La veille de mon mariage, j'avais déjà compris et j'ai voulu tout quitter, mais les enjeux n'étaient pas les mêmes. Aujourd'hui, je ne ridiculise plus un pays, je lui épargne la comédie de mon union avec Charles. Mon destin va se dénouer, je vais m'affranchir. Charles entendra enfin ce que j'ai à lui dire.

En ce moment même, il est à Highgrove, veste d'appartement et pantoufles de velours brodées d'une couronne, il écoute Camilla parler, une main sur la tête de son Cavalier King Charles, un cocktail orange dans l'autre, loin de se douter de ce qui se passe à Kensington.

Je m'apprête à tromper Charles publiquement, à le trahir, à le désavouer, à l'humilier, moi, la mal-aimée, l'oie blanche de Charles, la souris de Camilla, la star des magazines, je vais m'échapper, je vais défaire ce qui n'aurait jamais dû se faire.

Dans quelques minutes, je me livrerai devant des millions de gens. Il est trop tard pour reculer, Martin Bashir est derrière la porte. Et si j'écrivais à Charles au lieu de parler au monde ? Mais il déchire mes lettres sans les lire. Il en déchirerait une de plus, sûrement.

Ma grand-mère, même trompée, n'aurait jamais lâché un destin de future reine. Je ne ressemble pas à ma grand-mère. Il n'y a aucune chance que Charles revienne à moi comme je l'aurais voulu, je le sais.

Trois hommes m'attendent.

Else n'était pas forcée de descendre de sa chambre. Moi non plus, je ne suis pas forcée d'ouvrir cette porte. Je peux dire que j'ai changé d'avis, ou mentir, leur annoncer la visite inopinée de Charles, ils détaleraient comme des lapins. « Mais je le veux, dit Else. N'ai-je pas toute ma vie souhaité un événement de ce genre ? Qu'est-ce que j'attends ? Puisque je suis prête, le spectacle peut commencer. »

À genoux, je demande pardon à mes enfants. William et Harry n'ont pas à être mêlés à ce désastre. William a souffert des confessions de son père. Charles et moi sommes tombés bien bas. Mes fils me comprendront plus tard. Peut-être très tard. Un jour, je sais qu'ils me comprendront. Je suis si triste pour eux. On frappe à ma porte, fort cette fois. Je serre le portrait de mes garçons contre mon cœur, je les aime, j'ai envie de les prendre dans mes bras, ils ont besoin de moi, je leur demande encore et encore pardon.

La voix de Martin Bashir :

– Il faut y aller.

Une vague scélérate s'élève dans le ciel, elle va se fracasser sur moi.

Je voulais mourir, je me venge en vivant.

Personne n'est là pour me pousser sur la scène. Else se pousse elle-même, alors, Diana, qu'attends-tu, puisque tu es prête ?

Le spectacle va commencer.

Après l'émission, on ne te regardera plus jamais comme une oie blanche. Tu es une belle âme, forte de tes projets humanitaires, tu as du courage, tu vas te libérer, c'est un grand jour, tu n'es pas une pauvre fille, redresse-toi, tu n'as jamais été aussi grande, tu es belle dans ce tailleur sobre, sans bijoux, loin des déguisements dont on t'a affublée pendant tant d'années.

Je me débarrasserai de mes déguisements de princesse, je vendrai les robes de bal, d'opéra, mes centaines de tailleurs, j'organiserai une vente publique et je donnerai l'argent à des associations. J'ai caché mes larmes derrière ces armures, dorénavant je serai moi, dans les vêtements que je choisirai.

– Diana, on y va ?

On dira que je suis folle ? Mon frère m'a procuré les documents prouvant que non. Maman, en avalant ses pilules, me conseillait de me taire et de garder mon mari. « Il est juste coureur, comme tous les hommes. » Je protestais, je n'avais jamais surpris le regard de Charles traînant sur les jambes d'une femme, à part les miennes. Maman ne cédait pas : « Le problème de ton mari, c'est l'exposition publique ; tu n'en aurais rien su, tu te serais très bien portée. Tous les hommes sont des menteurs. »

Il est trop tard pour réfléchir aux théories amoureuses de ma mère.

Que faire ? Dois-je aller plus loin que le livre d'Andrew Morton, dois-je confesser à la télévision que j'ai eu un amant, que je l'ai aimé, adoré, que j'accompagnais mes enfants à leurs cours d'équitation pour voir James

Hewitt, leur moniteur ? Une altesse royale ne peut pas dire une chose pareille à la télévision. Pourquoi n'y ai-je pas réfléchi avant ? La tête me tourne, je ne sais plus ce que je vais dire, on verra sur le moment. Charles a avoué sa liaison extraconjugale. Lui a le droit, c'est un homme, sa liaison est reconnue, qui choque-t-elle ?

Bashir est devant moi, raide tel un garde de l'armée britannique. Je suis sa prisonnière, j'ai promis, je dois m'exécuter.

– Vous aurez à répondre à cent cinquante questions. On gardera une heure d'entretien. Vingt-trois millions de téléspectateurs, Grande-Bretagne et l'international, vous écouteront. Le premier volet de notre entretien concernera les activités des services secrets et le rôle joué par l'entourage du prince et de l'arrière-garde de Buckingham, puis on en viendra à la campagne d'avilissement et à la machination dirigée contre vous. L'autre volet évoquera le harcèlement constant des paparazzis.

Il débite son programme sans beaucoup d'émotion apparente, comme l'énumération des plats d'un restaurant. Mais c'est moi qu'il va cuisiner.

– Ce dont j'aimerais parler, c'est de la nécessité de créer une loi concernant les plaintes en matière de presse, solliciter un rendez-vous avec le président de la commission.

– Vous êtes libre de dire ce que vous voulez…

Libre ! Personne, jamais, ne m'a dit que j'étais libre, entendre ces mots, c'était gagner le gros lot au loto.

– Les éclairages sont prêts, on va vérifier les micros.

Je m'avance, telle une condamnée. Je m'assois sur le

fauteuil que l'on m'a indiqué, je suis Anne Boleyn posant la tête sur le billot. Ou plutôt je suis Else, je ne vais pas me laisser faire, je ne vais pas poser ma tête sur le bloc de bois, je vais m'exhiber, moi aussi.

Else et moi, c'est l'histoire d'un strip-tease, un strip-tease du corps pour elle, de l'âme pour moi.

Else prétend ne jamais avoir été plus sensée… qu'avant de se dénuder : « Pour la première fois de ma vie, je suis vraiment sensée. Tous ! Qu'ils me voient tous… il n'y aura plus de retour possible. »

Plus de retour possible, plus de sapin de Noël ensemble, plus de châteaux en Écosse et dans le Gloucestershire. Je suis Diana Spencer, Lady Di comme avant, princesse pour faire plaisir, altesse royale bannie, reine jamais, mais qu'importe ! Il ne restera rien de mon royal tour de manège. Mes enfants adorés savent tout ce que j'ai enduré. On ne me les enlèvera pas, même si je n'ai pas le droit de décider de leur scolarité. Mademoiselle Spencer a perdu ses titres et ses bijoux, et pourtant les paparazzis continueront à la courser. Les Windsor s'en moquent. Bon débarras, plus de vedette au sein de la famille, plus de reine des cœurs, de reine du peuple, quelle audace, cette demoiselle Spencer ! Quelle place elle avait prise au sein de notre royaume ! Diana, reine des cœurs ! Une ridicule boutade ! Le titre de reine ne revient qu'à la reine Élisabeth, elle gouverne le royaume, elle gouverne mon avenir, elle gouverne mes enfants. Le ministère des Affaires étrangères m'a signifié mon interdiction d'emmener William et Harry à l'étranger et de les changer d'école. Bientôt je ne serai plus de la famille, mes enfants, eux, en feront toujours partie. Else voulait naître « au monde une seconde fois... sinon peine perdue... ne plus perdre de temps, ne plus flancher ». Moi, rien ne m'empêchera d'accomplir ce qu'Else n'a pu accomplir. En me jetant devant les caméras de la BBC avec mes yeux trop maquillés et mon tailleur bleu marine, je vais perdre mes amis et gagner ma liberté.

Martin Bashir : Prête ?

Silence.

Else ouvre son manteau, elle est nue en dessous. Je vais ouvrir mon cœur. Je vais me vendre, dérouler mon histoire comme un tapis. Tout ce que vous avez cru est faux, on vous a trompés. La vérité est un conte cruel, je prends le risque de vous le raconter. La Royale Vérité sera ébranlée. Écoutez la version de Mademoiselle Spencer, Mademoiselle Spencer quémande le pardon et la sympathie.

Else prétend que ses parents l'ont éduquée dans un seul objectif, qu'elle se vende, de n'importe quelle façon ! Mes grands-mères ne m'ont pas vendue, elles m'ont raconté une histoire et je l'ai crue. Elles ont à peine eu besoin de me pousser, le vent qu'elles soufflaient m'a jetée vers le prince de Galles sans jamais qu'il soit question d'amour.

Ma grand-mère Lady Fermoy : Diana, vous ne pensez

qu'à l'amour ! Ne soyez pas bourgeoise ! Vous entrez dans la haute noblesse, ma chère.

Moi : Oui, je suis prête !
Je ne reconnais pas cette voix d'ingénue justicière.
Est-on jamais prêt pour ce genre d'épreuve ?

J'ai trente-quatre ans. J'aurais pu mourir en me jetant dans les escaliers, en avalant des pilules, en me coupant les veines, j'ai survécu sans le vouloir. Mon cœur bat toujours, il s'emballe même à l'idée de l'épreuve qui se profile. Si j'avais eu conscience de ce qui m'attendait, je me serais dépêchée de grandir. Maintenant c'est trop tard. Mon destin me mène je ne sais où. J'aurais pu être différente de celle que je suis devenue, je n'en ai pas eu la force. Dans quelques instants, ma vie va basculer.

Je suis sur scène, comme au théâtre, les spectateurs sont en face de moi. Martin Bashir a chaussé ses lunettes et me pose sa première question :

– Étiez-vous préparée à la pression d'un mariage avec un membre de la famille royale ?

Je m'entends répondre :

– J'avais dix-neuf ans…

Je ne reconnais pas cette voix sortie des ténèbres, je me dédouble, un peu dans mes mots, un peu dans l'effet qu'ils vont produire ; vingt-trois millions de téléspectateurs ? Fichtre, moi, je ne m'adresse qu'à un seul.

J'ai joué ma vie dans ce jeu de questions-réponses. J'ai marché sur un fil, sans filet, j'ai avancé avec le courage de celle qui n'a rien à perdre.

J'ai avoué avoir tenté de mourir plusieurs fois.

J'ai parlé de ma boulimie, de mon anorexie.

J'ai dit que nous étions trois dans ce mariage, même si tout le monde le sait.

J'ai émis des doutes sur la capacité du prince Charles à être roi… J'ai bafoué le principe même de la royauté britannique.

J'ai avoué avoir adoré James Hewitt. Oliver Hoare demeure un secret.

J'ai dépassé les limites de la décence, de mon devoir de réserve, j'ai été téméraire et inconsciente.

Qu'est-ce que j'y ai gagné ?

Les félicitations de l'équipe, « vous creviez l'écran », le succès de l'émission était assuré.

Six mille lettres de femmes souffrant de solitude, de troubles alimentaires, de mutilations, d'infidélités.

Quelques demandes en mariage.

Quelques lettres d'insultes dénonçant l'indécence de ma riposte, jugée impardonnable.

Une lettre de la reine qui me prie de mettre un terme à une « situation triste et compliquée ».

Une lettre du prince Charles qui me demande le divorce, décrivant notre relation comme « une tragédie nationale et personnelle ».

Le rappel de la loi : la reine exerce l'autorité et le

pouvoir absolu sur mes enfants, en particulier sur le prince William, héritier du trône.

Peut-être que, plus tard, le prince William devenu grand interdira cette interview, qu'il l'estimera nourrie par mes peurs, ma paranoïa et ma solitude.

Qui sait si la BBC ne sera pas obligée un jour de présenter ses excuses à la famille royale pour cet entretien ?

La traditionnelle invitation à passer Noël à Sandringham avec les enfants est toujours d'actualité. Mais le château est devenu pour moi le territoire ennemi par excellence.

J'ai refusé. « Je serais arrivée en BMW et repartie en corbillard. »

L'Angleterre a entendu ma voix, j'ai obtenu ma liberté de femme. Encore fallait-il que je sache voler de mes propres ailes.

« Oh, mon Dieu, que s'est-il passé ? »

Remerciements

Merci à Nicolas Briançon pour sa poignante adaptation au Théâtre de Poche – Montparnasse de *Mademoiselle Else* d'Arthur Schnitzler, merci à Alice Dufour pour sa bouleversante interprétation.

C'est après avoir vu cette pièce que j'ai eu l'idée d'écrire *Mademoiselle Spencer.*

Deux héroïnes tragiques, au destin implacable.

Pour moi, Diana et Else se ressemblent.

DE LA MÊME AUTEURE

Aux Éditions Albin Michel

LE COLLECTIONNEUR, 1993.

L'ÂME SŒUR, 1998.

L'ATTENTE, 1999.

J'ÉTAIS L'ORIGINE DU MONDE, 2000.

FRINGUES, 2002.

LE SILENCE DES HOMMES, 2003.

LA MÉLANCOLIE DU DIMANCHE, 2004.

DEUX FOIS PAR SEMAINE, 2005.

PETITES PHRASES EN CAS DE TEMPÊTE… ET PAR BEAU TEMPS AUSSI, 2007.

LA VIE M'A DIT, 2009.

N'OUBLIE PAS D'ÊTRE HEUREUSE, 2009.

LE COLLECTIONNEUR (en collaboration avec Olivier Orban), théâtre, 2010.

VIRGINIA ET VITA (paru en 1990 chez Olivier Orban sous le titre UNE ANNÉE AMOUREUSE DANS LA VIE DE VIRGINIA WOOLF), 2012.

LE PAYS DE L'ABSENCE, 2012.

QUEL EFFET BIZARRE FAITES-VOUS SUR MON CŒUR, 2013.

CHARMER, S'ÉGARER ET MOURIR, 2016.

AVEC LE CORPS QU'ELLE A…, 2018.

EST-CE QUE TU DANSES LA NUIT, 2020.

SOUMISE, 2023.

Chez d'autres éditeurs

LES PETITES FILLES NE MEURENT JAMAIS (sous le nom de Christine Rheims), Jean-Claude Lattès, 1986.

LE FIL DE SOI, Olivier Orban, 1988.

LA FEMME ADULTÈRE, Flammarion, 1991.

UNE FOLIE AMOUREUSE (en collaboration avec Olivier Orban), Grasset, 1997.

UNGARO, Assouline, 1999.

Ouvrages collectifs

LE DEAUVILLE INTIME DE…, nouvelles, « En attendant Sagan », Mercure de France, 2020.

52 CADAVRES EXQUIS, Création Play Bac, 2012.

Composition Nord Compo
Impression CPI Bussière en mars 2025
Éditions Albin Michel
22, rue Huyghens, 75014 Paris
www.albin-michel.fr
ISBN : 978-2-226-50188-2
N° d'édition : 26374/01 – N° d'impression : 2082663
Dépôt légal : avril 2025
Imprimé en France